환생왕

ORIENTAL FANTASY STORY & ADVENTURE

요도 김남재 신무협 장편소설

dream
books
드림북스

환생왕 15 (완결)

초판 1쇄 인쇄 2021년 9월 9일
초판 1쇄 발행 2021년 9월 30일

지은이 요도 김남재
발행인 오영배
편집 편집부
일러스트 나래
표지 · 본문 디자인 오정인
제작 조하늬

펴낸곳 (주)삼양출판사 · 드림북스
주소 서울시 강북구 도봉로 173
대표 전화 02-980-2112 **팩스** 02-983-0660
편집부 전화 02-987-9393 **팩스** 02-980-2115
블로그 blog.naver.com/dreambookss
출판등록 1999년 3월 11일 제9-00046호

© 요도 김남재, 2021

ISBN 979-11-283-9768-4 (04810) / 979-11-283-9753-0 (세트)

드림북스는 (주)삼양출판사의 판타지 · 무협 문학 브랜드입니다.

목차

1장. 금제
— 아직은 아닌 모양입니다

　붉은 보석을 갈아서 만든 가루가 식도를 타고 넘어가는 순간부터 천무진은 마치 용암을 삼킨 것처럼 극심한 고통에 휩싸였다.

　신체를 이루는 오장육부가 모두 녹아내리는 듯했고, 전신에 흐르는 피 한 방울, 한 방울이 날카로운 비수처럼 천무진의 몸 곳곳을 난도질하는 느낌이었다.

　수많은 고통을 겪어 봤다 자부하는 천무진조차도 이런 경험은 처음이었다.

　원래대로라면 가루를 먹자마자 가부좌를 틀고 앉아 내공으로 몸 내부를 보호할 계획이었다. 그렇지만 그건 그저 바람에 불과하게 되어 버렸다.

고개를 꺾은 채로 괴로워하던 천무진은 그대로 바닥에 쓰러졌다.

쿵.

바닥에 드러누운 천무진은 그곳에서 붉어진 얼굴로 온몸을 비틀어 댔다.

"으억! 억!"

입에서는 연신 비명이 터져 나왔고, 몸 안으로 들어온 보석 가루의 영향으로 피부색이 변하기 시작했다.

목에서부터 시작된 변색은 곧바로 얼굴과 가슴으로 뻗어져 나갔다.

새카맣게 변해 가는 피부색은 지금 천무진의 상태가 얼마나 좋지 않은지를 말해 주고 있었다.

급속도로 변해 가는 천무진의 모습을 보며 의선과 남윤의 안색이 굳어졌다.

의선이 어쩔 줄 몰라 하며 말했다.

"이, 이걸 어찌……."

검게 변해 가는 피부색이 의미하는 것은 바로 죽음이었다. 천무진의 신체가 순식간에 죽음의 문턱을 넘어가려 하고 있었던 것이다.

이제껏 죽어 가는 환자를 보고 단 한 번도 머뭇거려 본

적이 없던 의선이다. 그렇지만 지금은 아니었다.

이 상태를 치료할 방도를 알 수가 없었으니까.

그렇게 두 사람이 그저 바라보는 것 외에는 아무것도 할 수 없는 그 순간에도 천무진은 지독한 고통과 계속해서 싸우고 있었다.

'……온몸이 타 버릴 것 같아.'

천무진 또한 알고 있었다.

지금 자신이 죽어 가고 있다는 사실을.

몸 일부에서 감각이 느껴지지 않았고, 그 외 부분에서는 반대로 엄청난 고통이 밀려온다. 숨을 쉬는 것이 힘들 정도로 아팠고, 머리는 혼미해져 점점 지금 이 모든 게 꿈인지 현실인지 분간하기 어려울 지경이었다.

무너져 내리는 신체.

더불어 흐릿해져 가는 정신까지.

그렇게 모든 것이 끝나려는 바로 그때.

꽈악.

천무진은 모든 힘을 다해 자신의 입술을 깨물었다. 입술에서 터져 나온 많은 양의 피가 목구멍을 타고 흘러내렸다.

비릿한 피 맛이 느껴졌고, 덩달아 입술에서 느껴지는 미미한 고통 덕분인지 멍해졌던 머리가 조금이나마 제정신으로 돌아올 수 있었다.

천무진은 그 조그마한 변화를 놓치지 않았다.

'이대로…… 죽을 순 없어.'

정말 말도 못 할 정도로 비참한 삶을 살았었다.

그러던 중 얻게 된 새로운 삶. 이번 삶은 무척이나 행복했다.

새롭게 알게 된 이들.

그렇게 자신을 위해 함께 싸워 주는 동료가 생겼다.

그리고…… 사랑하는 여인까지도.

그 모든 것이 저번 생에는 없었던 것들이다. 그런데 소중한 그것들이 무너져 내리고 있었다.

바로 자신 때문에.

백아린과 한천은 천지광이 보낸 이들과 맞닥뜨리게 될 테고, 그로 인해 생을 다하게 될 것이다. 소중한 이들이 죽는다는 결과를 이대로 받아들이고 싶지 않았다.

천무진은 온몸이 부서지는 고통 속에서도 억지로 내공을 끌어올렸다.

천룡무극심법을 통해 끌어올린 내력이 지독한 고통을 밀어내기 위해 꿈틀거렸다. 하지만 천룡무극심법조차도 밀려드는 고통을 막아 내기엔 역부족이었다.

신체가 죽어 나가는 속도는 꽤나 빠르게 줄어들었지만,

그것이 한계였다.

천무진의 몸은 계속해서 그렇게 죽어 가고 있었다.

점점 상황이 나빠지고 있다는 사실을 그 모든 걸 몸으로 받아들이고 있는 천무진이 모를 리가 없었다.

'이대론 무리야.'

이건 마치 둑에 구멍이 뚫린 것과도 같았다.

그걸 막기 위해 손으로 억지로 누르고 있지만, 그 구멍은 점점 벌어졌고 이제는 손가락 사이로 물줄기가 빠져나오는 양상이었다.

점점 거세지는 힘이 천무진의 몸을 잠식해 들어갔고, 고통이 계속될수록 그의 숨소리 또한 점점 작아지고 있었다.

그럼에도 불구하고 여태까지 천무진이 버틸 수 있었던 건 그만큼 그의 의지가 강했기 때문이다.

당장이라도 정신을 놔 버리고 싶게 만드는 고통 속에서도 천무진은 계속해서 버텼다. 그 모든 건 자신이 아닌 동료들을 생각했기에 가능한 일이었다.

꽉 깨문 입술은 이제 피조차 나지 않을 정도로 창백해져 있었다.

그렇게 무려 일각이라는 시간이 지났을 때.

쿵!

천무진의 상체가 가볍게 흔들리며 다시 한번 지독한 고통이 밀려들었다. 억지로 버티고 있던 기운이 결국 밀려나기 시작하면서 그만큼 몰려 있던 큰 기운이 몸 곳곳으로 퍼져 나간 탓이다.

천무진의 입이 슬쩍 벌려졌지만, 그는 고통에 찬 신음 소리조차 쏟아 낼 수 없었다.

이미 그럴 힘마저 남아 있지 않았으니까.

덜덜덜!

몸은 미친 듯 떨려 댔고, 잠시 멈췄던 피부의 변화 또한 다시금 가속도가 붙어 진행되기 시작했다.

스스스스.

눈썹 위까지 피부는 검게 물들었고, 손은 이미 끝까지 잠식되어 버렸다.

그리고 배를 기점으로 빠르게 신체가 무너져 내리고 있었다.

슬쩍 벌려진 천무진의 입에서 연신 피가 쏟아져 나왔다. 소리 없이 터져 나오는 검붉은 피를 보며 의선은 결국 고개를 돌릴 수밖에 없었다.

억지로 밀려드는 힘에 저항하고 있던 천무진이다.

그렇지만 결국 쌓여 가던 힘이 터져 나갔고, 이렇게 된 이상 결과는 하나뿐이었으니까.

'끝이다.'

의선은 그렇게 생각했고, 그건 당사자인 천무진도 크게 다르지 않았다.

가뜩이나 아무것도 보이지 않던 눈앞이 새카맣게 변해 간다 느끼던 그때 천무진의 심장 아래쪽에서 자그마한 떨림이 느껴졌다.

두근.

아주 찰나에 느껴진 감각이었다.

단전을 통해 붉은 보석이 지닌 힘이 빠르게 스며들려는 그 찰나 느껴졌던 그 감각을 죽어 가는 와중에도 읽어 낸 것이다.

그건 삶에 대한 강한 의지, 그리고 굳센 정신력이 뒷받침되었기에 가능한 일이었다.

희미해져 가는 정신 속에서 천무진은 스스로에게 되물었다.

'이건…… 뭐지?'

단전으로 밀려들어 가던 힘이 아주 잠깐이지만 그쪽에 머무르고 있는 내공으로 인해 멈칫했던 것이다. 물론 그건 찰나였고, 그 힘은 곧바로 다시금 천무진의 전신으로 휘몰아쳐 오긴 했지만…….

순간 천무진의 머릿속에 한 가지 생각이 스쳐 지나갔다.

그건 바로 천룡비공의 절초.

천추나락을 익히기 위해 최근 자신이 해 온 훈련들이었다.

보통의 내공 움직임으로는 천추나락을 펼치는 것이 불가능했다. 그 때문에 천무진은 몇 달 동안 계속해서 혈도의 길을 넓히는 데 열중했다.

그리고 이제는 천추나락이 거의 완성 단계에 다다라 있던 상황.

당연히 기가 흐르는 혈도는 예전보다 훨씬 넓어져 있었다.

그 모든 것의 시작은 바로 단전이었고, 지금 밀려드는 붉은 보석의 힘이 멈칫한 곳 또한 단전이었다.

여태까지의 혈도는 밀려드는 힘을 견뎌 내지 못했다.

그렇지만…… 단전 쪽이라면?

거기다가 단전은 지금 자신을 이렇게 만든 여왕자모가 자리하고 있는 곳이기도 했다.

그걸 깨닫는 순간 천무진은 결단을 내렸다.

어차피 지금 이 상태로는 오래 버티는 것도 불가능했다.

정말 말도 안 되는 도박이 될지도 모른다.

자신의 판단이 틀렸다면 이 순간이 자신이 기억하는 마지막이 될 게 분명했다.

하지만…… 해야 했다.

지금 무인의 감각이 외치고 있었으니까.

승부를 봐야 한다고.

다른 선택의 길이 없는 지금 천무진은 자신의 감각에 모든 걸 걸기로 결단을 내렸다.

결정을 내린 그는 어떻게든 버텨 내기 위해 몸 곳곳으로 퍼트려 놓았던 내공을 빠르게 회수했다.

전신에 있는 모든 곳을 지키려 했던 생각을 버린 것이다.

그리고 그 모든 힘을 단전 하나에 집중시켰다.

쏴아아아.

커다란 힘이 몸 안에서 휘몰아치더니 이내 모든 내력이 단전을 기점으로 하여 빠르게 뭉치기 시작했다.

몸을 집어삼키던 기운들에 저항하지 않고, 오로지 단전 하나.

그곳만을 지키기로 결정한 것이다.

몸을 지키던 내공을 모두 거두어들이자 천무진의 상태는 눈에 띌 정도로 악화됐다.

순식간에 배 아래쪽의 피부들이 검게 물들기 시작하더니, 이내 천무진의 전신은 새카맣게 변해 버렸다.

단 하나.

배꼽 아래에 위치한 단전 근처를 제외하고는.

단전 근처에 주먹만 한 크기의 부분을 제외한 천무진의 몸은 아예 썩어 버린 것처럼 까만 상태가 되어 있었다.

그리고 사람이라면 당연히 있어야 할 호흡조차도 사라졌다.

천무진은 옷을 입고 있었기에 겉으로만 지켜보고 있던 남윤과 의선으로서는 단전 부분이 멀쩡하다는 사실을 알 수 없었다.

물론 그걸 알았다고 해도 지금 이 모습은 누가 봐도 시체라고 생각할 수밖에 없는 상태였지만 말이다.

그래도 혹시 하는 생각이 들어서였을까?

의선이 다급히 다가가 천무진의 맥을 짚었다. 그리고는 이내 작게 고개를 저었다.

순간 남윤이 털썩 무릎을 꿇었다.

그가 숨조차 멈춰 버린 천무진을 향해 천천히 힘겹게 손을 내뻗었다.

천무진에게 향하는 남윤의 손이 부들부들 떨리고 있었다. 곧 남윤은 까맣게 변해 버린 천무진의 손을 움켜쥐었다.

고개를 푹 수그린 남윤의 주름진 눈가에 방울방울 눈물이 맺혔다.

"작은 주인님……."

뚝뚝.

눈물이 연신 떨어지며 천무진의 손등을 적셨다.

그는 가슴이 답답한지 나머지 한 손으로 자신의 가슴을 소리 나게 치기 시작했다.

퍽퍽퍽.

가슴이 너무도 먹먹했다.

심장이 조여 오는 듯 아팠고, 구역질이 치밀어 오를 정도로 속이 뒤집혔다.

동시에 화가 치밀어 올랐다.

으득.

평소 인자한 미소를 띠고 있는 남윤이지만 지금만큼은 달랐다. 눈물이 그렁그렁 맺힌 얼굴에는 살기가 가득했다.

"천지과아앙!"

고함과 함께 천무진의 손을 놓고 자리에서 벌떡 일어난 남윤이 서슬 퍼런 눈빛을 한 채로 주변을 두리번거렸다.

물론 남윤에게 천지광을 이길 실력이 있을 리 만무했다.

그렇지만 자신이 어릴 때부터 키워 온 천무진을 죽게 만든 천지광을 그냥 두고 볼 수가 없었다.

당장이라도 뛰쳐나갈 것 같은 남윤의 모습에 의선이 서둘러 그의 앞을 막아섰다.

"진정하시오!"

"비키시지요. 이건 제 일입니다."

남윤이 평소답지 않게 강한 어투로 자신의 생각을 밝혔다. 그러자 의선이 고개를 저으며 말을 받았다.

"화가 나신 건 알겠소. 그렇지만 이대로 당신까지 죽는다면 천 대협은 어떻게 한단 말이오. 우선은 천 공자의 시신부터 수습을 하고……."

바로 그 순간.

꿈틀.

시체가 되어 있던 천무진의 손가락이 움직였다. 동시에 온몸이 잠식되어 새카맣던 피부색이 놀라울 정도로 빠르게 변해 가기 시작했다.

단전 부근에서부터 시작된 변화는 곧장 머리끝과 발끝까지 빠르게 치고 올라갔다.

그리고 막혀 있던 숨이 터져 나왔다.

"파아!"

두 사람이 놀란 눈으로 숨을 쉬기 시작한 천무진에게 시선을 돌린 그때.

천무진이 천천히 자리에서 일어났다.

생각지도 못한 상황에 의선은 눈을 크게 치켜뜬 채로 더듬거렸다.

"이, 이게 무슨……."

분명 맥을 짚었을 때 천무진은 죽어 있었다.

아니, 정확히 말하자면 그렇게 느낄 수밖에 없었다.

실제로도 천무진의 신체는 죽어 있었으니까. 오직 단 하나. 단전을 제외하고 말이다.

단전에 모든 힘을 집중시킨 천무진의 내공이 그의 몸을 보호했다. 밀려드는 붉은 보석 가루의 힘이 거세질수록 단전 안에 자리하고 있던 자모충 또한 날뛰었다.

이건 천무진과 자모충의 싸움이었다.

천무진이 먼저 쓰러질지, 아니면 자모충이 견디다 못해 결국 죽어 나갈지.

그리고…… 결국 싸움의 승자가 정해진 것이다.

원래대로라면 단전이 버텨 내지 못하고 무너지는 게 정상이었을 상황.

그렇지만 천추나락을 익히기 위해 단전과 근처의 모든 혈도를 넓혀 둔 덕분에 밀려드는 힘에 저항할 만큼 막대한 내공을 한순간에 쏟아낼 수 있었다.

"작은 주인님!"

남윤이 눈물이 범벅이 된 얼굴로 천무진에게 달려갔다.

그리고는 이내 서서히 눈을 뜨는 그의 팔을 잡은 채로 말을 이었다.

"괜찮으신 겁니까?"

다급해 보이는 남윤의 얼굴에서 그의 걱정이 느껴졌다.

눈을 뜬 천무진이 그런 남윤과 여전히 놀란 얼굴로 서 있는 의선을 번갈아 바라보다 이내 슬며시 입가에 미소를 머금었다.

천무진은 알고 있었다.

단전에 자리하고 있던 자모충이 완전히 그 힘을 잃었음을.

머리를 옥죄고 있던 금제가 풀려서일까?

천무진의 기분은 이상할 정도로 상쾌했다.

그가 말했다.

"아무래도 아직 제 무덤을 준비할 때는 아닌 모양입니다."

저승의 문턱까지 갔던 천무진.

그가 돌아왔다.

*　　　*　　　*

자신의 옆에 선 천무진을 바라보는 백아린은 알 수 있었다.

'……금제를 이겨 냈군요.'

자모충에 휘둘리며 괴로워하던 천무진을 옆에서 보아 왔던 그녀다. 그랬기에 돌아온 천무진의 모습에 이상할 정도로 울컥할 수밖에 없었다.

백아린이 옆에 선 천무진의 손바닥에 자신의 손을 슬그머니 겹쳐 놓았다.

슬쩍 서로를 바라본 두 사람이 깍지를 낀 채로 등을 맞대고 섰다.

백아린이 등 뒤에 있는 천무진을 향해 물었다.

"돌아온 기분이 어때요?"

"상쾌해. 앓던 이가 쑥 빠진 느낌이랄까."

천무진의 대답에 백아린이 픽 웃었다.

그리고는 이내 그녀가 유쾌한 얼굴로 말을 받았다.

"그럼 이제 다시 한번 함께 싸워 볼까요?"

백아린의 말에 천무진이 기다렸다는 듯 답했다.

"물론이지."

대답과 함께 깍지를 푼 두 사람이 동시에 적들을 향해 달려들었다.

천무진의 천인혼과, 백아린의 대검이 적들을 향해 폭풍처럼 쏟아졌다.

　대홍련의 무인들과 혈기군단이 맞붙는 그때.

　단엽이 성큼 나서며 반조를 향해 말을 걸었다.

　"그쪽은 내가 상대해 주지."

　혈기군단의 수장인 야율인은 이미 한천에게 당해 거의 숨이 끊어지기 직전인 상태였기에 단엽이 상대해야 하는 건 반조 하나뿐이었다.

　단엽에 대홍련까지…… 갑작스레 돌변한 상황에 반조가 표정을 굳히고 있는 그때였다.

　한천이 단엽의 어깨를 잡으며 나섰다.

　"저놈은 내가 맡을 테니까 넌 수하들을 도와서 저놈들을 처리해 줘."

　그런 그의 말에 단엽이 곧장 답했다.

　"말했잖아. 여기는 우리가 맡는다고. 그러니까 넌 빠져 있어. 지금 상태에서 괜히 더 무리하지 말고."

　"난 멀쩡한데?"

　자신은 아무렇지 않다고 주장하는 한천의 모습에 단엽이 고개를 저으며 말을 받았다.

　"그러니까 빠지라는 거야. 지금 자기 상태가 어떤지도 모르면서 뭘 더 싸우려고."

말을 내뱉은 단엽의 시선이 한천을 위아래로 훑었다. 곳곳에 큰 부상을 입은 한천은 피투성이였다. 그런데도 불구하고 아무렇지 않게 움직이고 있는 이 모습이 다소 기괴하다 느껴질 정도다.

그랬기에 단엽은 알 수 있었다.

지금 한천이 무리를 하고 있다는 걸.

그걸 알기에 단엽이 보다 확실하게 말했다.

"네가 왜 무리하려는지 대충 알고 있어. 아마 백아린도 위험해서겠지. 하지만 백아린에 대해서는 나보다 네가 더 잘 알잖아. 절대 쉽게 당할 사람이 아니라는 걸. 그러니까…… 그냥 그녀를 믿어."

단엽은 한천이 무리하는 이유를 정확하게 눈치챈 상태였다.

백아린이 연관되지 않았다면, 그가 이토록 무리를 할 리 없다고 판단한 것이다. 그리고 그 생각은 정확하게 맞아 들었다.

단엽의 말에 한천은 잠시 멈칫했다.

말대로 자신의 상태가 좋지 않다는 건 알고 있었다. 아직까지는 버틸 만했지만 이대로 더 무리하다가는 더욱 큰 고통이 곧이어 찾아올 거라는 것도.

결국 한천은 단엽의 말을 받아들였다.

"……그럼 잠깐만 쉬고 있지."

"좋아, 그럼 내가 서둘러 끝낼 테니, 같이 백아린을 도우러 가자고."

"부탁해."

그 말을 끝으로 한천은 옆에 털썩 주저앉았다.

고통은 느끼지 못했지만, 자리에 앉자 이상할 정도로 피곤함이 몰려들었다.

그렇게 한천이 잠시 숨을 돌리는 사이 단엽이 반조를 향해 다가가며 입을 열었다.

"최상의 상태는 아닌 듯싶지만…… 원망은 말라고. 많은 머릿수로 내 친구를 괴롭힌 대가니까."

최대한 싸움에서 빠져 있긴 했지만, 한천과의 싸움으로 반조 또한 적잖은 부상을 입은 상태였다. 거기다가 내력 소모도 상당한 상황이긴 했지만…….

반조는 픽 웃었다.

"그렇게 여유 부릴 때는 아닌 것 같은데. 네가 날 이기지 못한다면 결국 여기 온 건 아무런 의미도 없는 일이 될 테니까."

강한 척 말을 내뱉었지만 사실 반조 또한 잘 알고 있었다.

'최악이군.'

한천과의 대결에서 이 대 일로 싸웠음에도 불구하고 반조는 꽤나 깊은 타격을 입었다. 그러던 도중에 나타난 것이 하필이면 우내이십일성 중 하나인 혈우일패도 나환위를 꺾었던 단엽이라니······.

혈기군단은 뛰어난 무인들이지만 그건 대홍련 또한 다르지 않았다.

단엽이 데리고 온 대홍련 무인들 역시 정예들로 구성되어 있었고, 그 숫자는 두 배에 육박했다.

혈기군단이 밀리는 건 당연했다.

그랬기에 지금으로써는 반조가 단엽을 꺾고 그들을 돕지 않는다면 혈기군단은 괴멸할 수밖에 없는 입장이었다.

허나 결국 중요한 건 그들의 대결이 아니었다.

단엽과 자신의 싸움.

이 싸움의 승자가 되는 쪽이······ 결과를 결정짓게 될 테니까.

츠츠츠츠!

반조의 손에 들린 검이 검기에 휩싸였다.

그러자 기다렸다는 듯 단엽 또한 권갑을 낀 자신의 주먹을 앞으로 내뻗었다.

그러고는 슬쩍 뒤편에 위치한 한천을 확인하더니 이내 반조를 향해 달려들었다.

콰콰콰콰쾅!

그저 발을 내디디며 내달리는 것만으로도 땅이 옆으로 갈라져 나갔다. 그만큼 내력을 실어서 몸을 앞으로 움직인다는 의미였다.

단엽의 손이 빠르게 반조를 향해 움직였다.

쾅!

반조가 검을 휘둘렀고 그걸 단엽은 한쪽 손등으로 받아냈다. 검과 권갑이 충돌하며 마치 폭탄이 터지는 듯한 충돌음이 터져 나왔고, 이내 단엽은 힘으로 상대를 밀어붙였다.

쿠쿠쿠쿵.

반조의 몸이 회오리에 휩쓸린 듯 뒤로 밀려 나갔다.

둘의 몸은 순식간에 방금 전에 위치했던 곳에서 멀어져 있었다.

단엽이 이런 움직임을 선택한 이유는 역시나 한천 때문이었다. 혹시라도 두 사람의 대결로 인한 여파가 그에게 영향을 미칠까 염려한 단엽이 서둘러 힘으로 반조를 다른 곳으로 끄집어낸 것이었다.

빠르게 한천에게서 거리를 벌린 단엽은 곧바로 자신의 내력을 사정없이 뿜어냈다.

콰콰쾅!

그의 주먹이 움직였고, 덩달아 폭탄이라도 터진 것처럼 땅바닥이 솟구쳐 올랐다.

"큿!"

뒤편으로 서둘러 빠져나가던 반조였지만, 그 힘의 여파에서 완전히 벗어나지는 못한 탓인지 허벅지에서 피가 터져 나왔다.

애초 한천과의 대결에서 입은 부상 탓에 그의 움직임은 평소보다 다소 둔해져 있었다.

허나 그 와중에서도 반조는 물러나지 않고 곧장 반격을 가했다. 휘둘러진 검에서 뻗어져 나온 강기가 단엽이 있던 공간을 뒤덮었다.

퍼엉!

폭음과 함께 먼지가 치솟아 오르는 공간 속에서 단엽의 모습이 귀신처럼 밀려들어 왔다. 그리고 기다렸다는 듯 반조는 그런 단엽을 향해 검을 찔러 넣었다.

파파팟.

두 사람의 신형이 서로 얽혀 들었다.

찰나의 순간.

그렇지만 초절정의 경지에 오른 두 사람에게 그 짧은 순간은 서로의 목숨을 수십 차례 노리고도 남을 정도로 긴 시간이었다.

서로를 향해 연달아 공격을 퍼붓던 두 사람이 어느 순간, 각자 반대편으로 밀려 나갔다.

　주르르륵.

　뒷걸음질 치며 간신히 몸을 지탱한 단엽과 반조는 약속이라도 한 것처럼 입에서 피를 뿜어냈다.

　푸웃.

　허공으로 피를 토해 내면서도 둘은 서로를 향해 재빠르게 다음 공격을 이어 갔다.

　부웅! 쾅!

　둘의 공격이 충돌하며 주변으로 충격파가 퍼져 나갔다. 땅이 흔들리며 근처에 있던 나무들이 뿌리째 뽑혀 날아갔다.

　단엽의 주먹이 반조의 가슴을 후려쳤고, 동시에 휘둘러진 반조의 검이 단엽의 팔을 베고 지나갔다. 그렇지만 단엽은 아랑곳하지 않고 곧장 손바닥으로 상대의 이어지는 공격을 후려쳤다.

　쾅!

　검이 밀쳐지는 순간 단엽이 빠르게 거리를 좁혀 들어갔다.

　주먹으로 싸우는 단엽이었기에 거리를 좁히는 쪽이 훨씬 유리했기 때문이다.

빠르게 유리한 간격으로 들어선 단엽의 주먹이 연달아 움직였다.

파파파파팟!

환영처럼 밀려드는 주먹을 보며 반조가 황급히 검을 움직여 방어에 나섰지만 완벽하게 막아 내기에는 단엽의 공격이 너무도 날카로웠다.

퍼억! 퍽!

연달아 박혀 드는 공격에 결국 반조가 바닥을 나뒹굴었다.

사정없이 바닥을 구르던 반조는 서둘러 정신을 차렸다.

부웅!

단엽이 날아드는 소리가 귓가에 들어왔고, 반조는 곧장 바닥을 박차며 몸을 회전시켰다. 그리고 그 순간 반조가 쓰러져 있던 자리에 단엽의 무릎이 틀어박혔다.

쩌엉!

소리와 함께 땅바닥이 거미줄처럼 갈라졌다.

회전하며 허공을 날고 있던 반조의 검이 번개처럼 아래로 쏟아졌다.

슈슈숫!

날카로운 검기가 단엽을 베고 지나갔지만, 그것 모두가 가볍게 스친 정도일 뿐 치명타가 될 만한 공격은 하나도 없었다.

빠르게 옆으로 움직인 단엽의 주먹이 아직까지도 허공에 자리하고 있던 반조의 옆구리를 노리고 밀려들었다.

서둘러 몸을 말며 검으로 방어해 내긴 했지만…….

퍼엉!

폭발과 함께 반조는 다시 한 번 바닥을 굴러야만 했다.

"끄응."

고통에 찬 신음 소리와 함께 막 자리에서 일어나는 그 순간.

반조의 시선에 뭔가가 물밀듯 밀려들고 있었다.

그건 단엽의 권강이었다.

콰콰쾅!

주변이 휩쓸리며 그곳에 자리하고 있던 반조는 서둘러 검을 움직여 호신강기로 그 공격을 받아 냈다.

이내 모습을 드러낸 반조의 상태는 아까보다 더욱 좋지 않아 보였다.

옷은 넝마가 되어 있었고, 머리카락 또한 어지럽게 흐트러져 있었다.

하지만 반조가 그냥 당하고만 있을 사내는 아니었다.

권강을 받아 내며 반조는 이를 갈고 있었다.

애초에 좋지 않은 상태로 단엽과의 싸움이 시작됐다. 이대로 싸움이 길어졌다가는 결국 자신이 패할 거라는 걸 직감했다.

그랬기에 반조는 승부수를 내걸었다.

우우웅.

울기 시작한 검에서 새하얀 강기가 벼락처럼 터져 나왔다. 야율인과 합공을 할 때 펼쳤던 음살마혼강기가 다시금 모습을 드러냈다.

콰콰콰쾃!

땅을 가르며 밀려드는 강기의 가닥을 본 단엽의 두 눈동자가 희열로 번뜩였다.

처음 손을 맞댔을 때부터 느꼈다.

강하다고.

그랬기에 단엽은 자신의 실력을 처음부터 모두 뽑아내고 있었다. 그러던 도중 밀려드는 이 강기에서는 절로 전신의 털을 곤두서게 하는 박력이 느껴졌다.

그가 씩 웃었다.

'좋아, 이 정도는 돼야 할 만하지.'

두근거리는 심장, 미칠 듯 요동치는 감각들이 단엽을 즐겁게 만들어 줬다.

단엽의 권갑에 순간적으로 권강이 피어올랐다.

그러고는 이내 단엽은 망설임 없이 앞으로 내달렸다.

후우우욱!

순식간에 주변의 공기가 뜨겁게 달아올랐다.

몸 주변에 타오르기 시작한 불꽃이 짧은 순간 사그라졌다가 피어오르는 걸 반복하더니 이내 그 힘이 폭발하듯 증가했다.

물론 제대로 힘을 끌어모을 시간이 모자라 최상의 상태까지 끌어올리지는 못했지만…… 이거면 충분했다.

열화신공 오 초식 열화신류구천아(熱火神流九川牙).

뿜어져 나온 아홉 개의 불기둥들이 밀려드는 반조의 강기를 집어삼켰다.

곧 폭발과 함께 주변으로 숨을 쉬기 어려울 정도의 열기가 뿜어져 나갔다.

콰아앙!

그 파괴력이 얼마나 컸는지 멀리 떨어져 싸우고 있던 대홍련과 혈기군단의 무인들이 균형을 잡지 못하고 마구 나가떨어질 정도의 충격이 주변을 뒤덮었다.

그리고 그 싸움을 보고만 있던 한천으로서는 그저 감탄을 할 수밖에 없었다.

'하아, 저 괴물 같은 녀석.'

열화신류구천아의 파괴력을 한천은 잘 알고 있었다.

일행들을 떠나기 전 단엽은 한천과 싸워 보고 싶다 말했고, 그걸 받아 줬던 그다.

그리고 당시 단엽은 이 초식을 펼쳤었다.

보통의 초식으로는 받아 낼 자신이 없었던 한천은 오랫동안 봉인해 두었던 대장군부의 무공을 꺼내서 간신히 막아 낼 수 있었다.

그런데…….

시간적 여유가 없어 완벽하지 못했던 초식.

그럼에도 그 파괴력은 당시와 크게 다르지 않았다.

헤어진 지 고작 몇 달이라는 시간. 그동안 단엽은 또 한 걸음 성장해 있었던 것이다.

당시 서로 절초를 쏟아 낸 결과, 두 사람은 피투성이가 되었었다.

그리고 그건…… 지금도 비슷했다.

엄청난 충격파가 뒤덮은 공간에서 단엽과 반조는 피투성이가 되어 있었다. 그렇지만 누가 더 상태가 좋은지는 굳이 고민하지 않아도 알 수 있을 정도로 명확했다.

음살마혼강기를 받아쳐 낸 단엽은 옷도 엉망이었고 입 주변은 피범벅이었다. 목과 가슴에는 긴 상처가 생겨 있었다.

거기다가 자잘한 상처들도 제법 생긴 것이 지금 반조가 펼친 공격이 얼마나 위협적이었는지를 말해 주고 있었다.

그렇지만 그건 상대인 반조에 비하자면 무척이나 양호한 편이었다.

비틀.

간신히 버티고 서 있는 반조의 상태는 엉망이었다.

한쪽 눈을 뜨기 어려울 정도로 이마에서는 연신 피가 흘러내렸고, 팔 한쪽은 아예 불에 타 버린 것처럼 다친 상태였다.

그뿐만이 아니었다.

가슴과 배, 그리고 다리까지.

보이는 곳곳에 열화신류구천아로 인해 입은 상처들이 자리하고 있었다.

개중에 가장 큰 부상은 아예 박살이 나 버린 갈비뼈였다. 몇 개의 갈비뼈가 부서졌는지 모르겠지만, 숨을 쉬는 것조차 쉽지 않았다.

비틀거리며 간신히 몸을 지탱한 반조는 고통을 참아 내며 깊게 숨을 내뱉었다.

지금이라면 단엽보다 자신의 내력이 더욱 강할 거라 판단했거늘, 그것이 큰 패착이었다.

한천과 싸우며 생각보다 더욱 많은 내공의 소모가 있었던 모양이다. 거기다가 단엽의 공격은 반조가 생각했던 것보다 훨씬 더 강했다.

그 모든 악재가 겹치며 승부수로 내건 공격이 오히려 화가 되어 돌아왔다.

아직 검을 휘두를 힘은 남아 있었지만…….

슬쩍 뒤편을 확인한 반조가 입술을 깨물었다.

대홍련과의 갑절에 가까운 숫자 차이는 시간이 흐를수록 그 영향력이 더욱 커져 갔고 혈기군단은 빠르게 무너지고 있었다.

거기다가 자신은 이런 치명상을 입었다.

싸움은 끝이 나지 않았지만, 사실 결과는 나온 것이나 다름없었다.

반조가 하늘을 향해 고개를 치켜들었다.

'이렇게…… 끝이로구나.'

그에게는 원대한 꿈이 있었다.

이 넓은 무림이라는 곳, 그곳에 영원히 지워지지 않게 자신의 이름을 남기고 싶었다.

세월이 아무리 지나도 무림에 몸담은 이라면 기억할 수밖에 없을 그런 존재가 되고 싶었던 거다.

자신들이 패배한 이유는 무엇일까?

깊게 따지고 보면 여러 이유가 있겠지만…… 가장 결정적인 건 바로 오늘 느낄 수 있었다.

모든 것이 끝나 가려는 절체절명의 순간, 동료를 위해 나타난 단엽.

바로 이것이었다.

이들에게는 서로를 위하는 끈끈함이 있었다.

그리고 반대로 자신들에게는 그런 것이 없었다.

그랬기에 십천야 중 누가 죽는다고 해도 별 신경을 쓰지 않았다. 그랬던 무신경함이 쌓이고 쌓여 결국 지금 이런 상황까지 와 버렸다.

일이 이렇게 되니 이제 와서야 깊은 아쉬움이 밀려들었다.

만약에…… 아주 만약에 자신들도 이들처럼 동료가 되어 함께 싸웠다면 조금은 다른 미래를 맞이할 수 있었을까?

물론 뒤늦은 후회고, 말도 안 되는 이야기라는 건 잘 알고 있었다.

각자의 욕심이나, 절대적인 존재인 천지광의 명령 때문에 모인 이들이다. 아마도 훨씬 더 긴 시간이 있었어도, 자신이 노력했다고 한들 이들처럼 서로를 위해 싸우는 관계가 되지는 못했을 게다.

밀려드는 깊은 후회…….

하지만 지금 반조가 할 수 있는 일은 하나밖에 없었다.

스윽.

죽는 그 순간까지 무인으로 검을 들고 싸우는 것.

그래야 실패한 이 삶이…… 조금이나마 덜 슬플 테니까.

"단여어어업!"

목이 터질 듯한 고함 소리와 함께 반조가 단엽을 향해 달려들었다.

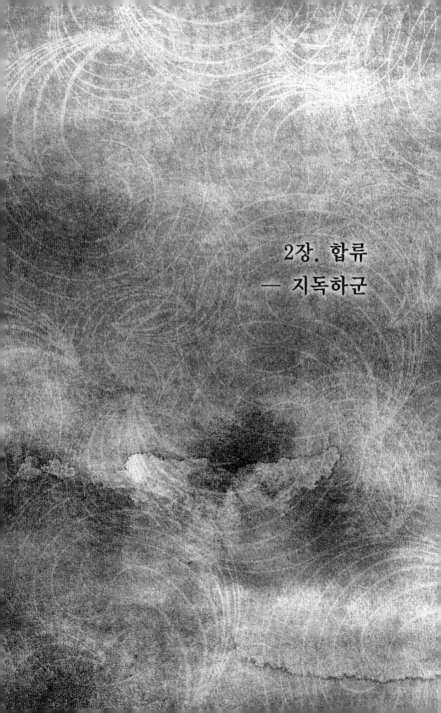

2장. 합류
— 지독하군

　천무진과 백아린의 공격에 백 명이 훌쩍 넘는 무인들은 허둥지둥하기 시작했다. 둘의 공격은 그만큼 위협적이었고, 또한 강렬했다.

　천무진의 합류에 백아린은 망설임 없이 자신이 펼칠 수 있는 강렬한 무공들을 적들에게 쏟아 내기 시작했다.

　순식간에 주변이 초토화가 되며 그곳에 있던 적풍대, 뇌룡검대의 무인들이 나가떨어졌다.

　그들은 분명 뛰어난 무인들이었지만 그렇다고 한들 천무진과 백아린을 막아 낼 순 없었다.

　두 사람의 공격에 빠른 속도로 수십 명의 무인들이 쓸려 나갔다.

공격을 쏟아 내는 와중 백아린의 시선이 향한 곳.

뇌룡검대 무인들에게 명령을 내리고 있는 그들의 수장인 여명이었다.

비록 그가 우내이십일성의 하나라고는 하지만…….

거침없이 여명을 향해 날아든 백아린의 대검이 그에게로 내리꽂혔다.

카앙!

명령을 내리던 여명은 자신을 향해 날아드는 백아린의 공격에 식겁하긴 했으나, 검을 움직여 막아 내는 것에 성공했다.

그렇지만 공격을 받아 낸 그의 몸은 십여 걸음이나 넘게 밀려 나가야 했다.

뇌룡검대가 천무진에게로 향하는 길을 막아선 그녀가 빠르게 소리쳤다.

"이자와 뒤쪽은 제가 맡을게요! 그러니 그놈한테 한 방 먹여 주는 건 당신이 해요."

백아린이 말한 그놈은 당연히 매유검이었다.

천무진과 매유검 사이에 얽힌 악연에 대해 알고 있는 그녀다. 그랬기에 천무진이 직접 그 일을 매듭지을 수 있도록 자리를 만들어 준 것이다.

그런 백아린의 배려에 천무진이 곧바로 답했다.

"고마워. 곧 끝내고 합류하지."

말과 함께 천무진은 자신의 앞에 있는 매유검을 바라봤다.

아직 천무진과 검을 섞지도 않은 상황이었지만 이미 매유검의 상태는 엉망이었다. 백아린과의 싸움으로 인해 꽤 많은 부상을 입었고, 그가 얼굴을 감추기 위해 두르고 있는 장포도 이미 반쯤은 넝마가 되어 있었다.

자신과 마주한 상태에서도 장포가 흘러내리지 않게 위쪽으로 끌어올리는 매유검의 행동에 천무진이 궁금하다는 듯 말했다.

"궁금하네. 대체 그 장포 안에 뭘 감추고 있기에 네 얼굴을 아는 나한테까지 그렇게 꼭꼭 숨기려고 하는지."

"⋯⋯."

천무진의 말에도 매유검은 별다른 대꾸를 하지 않았다. 하지만 그는 지금 이 모든 상황에 무척이나 화가 난 상태였다.

'일이 더럽게 꼬였군.'

하필이면 백아린을 죽이기 전에 천무진이 나타났다. 차라리 그녀가 전투불능의 상태였다면 지금처럼 큰 문제는 안 됐겠지만⋯⋯.

천무진과 백아린 모두가 건재했고, 이 둘을 지금 이곳에 남은 백여 명에 달하는 수하들과 여명만을 데리고 막아 내야 했다.

백아린과 여명의 싸움.

사실 이곳에 오기 전까지였다면 여명에게 손을 들어 줬겠지만, 이제는 아니다.

이미 여명과 비슷한 급의 고수인 추풍량을 자신과 함께 협공하는 와중에 죽인 백아린이다. 물론 그 대가로 백아린 또한 처음보다 많이 지친 상태라고는 하지만 그렇다고 한들 여명이 이길 거라는 생각은 들지 않았다.

그렇다면 결국 천무진에 더불어 백아린 또한 자신이 감당해야 했는데…… 그건 무리였다.

으드득.

가볍게 이를 갈며 매유검이 입을 열었다.

"제길 역시 네놈을 그때 죽였어야 했는데……."

어린 시절 천무진을 절벽 아래로 떨어트린 걸로 만족했던 자신의 행동에 화가 났다.

그날의 실수로 결국 이런 상황까지 오게 되었으니…….

매유검이 검을 든 채로 말을 이었다.

"뭐, 이미 지난 일. 지금이라도 순리대로 흘러가게 만들면 그뿐이지."

천지광은 천무진을 무척이나 아꼈다.

그리고 그 이유를 매유검은 알지 못했다. 허나 이제는 상황이 변했다. 천무진은 천지광의 명령대로 움직이는 꼭두각시 신세에서 벗어났다.

상황이 이렇게 되었으니 이제는 천무진을 죽인다 해도 어쩔 수 없는 일이 될 터.

검을 든 그가 옆으로 움직이며 말했다.

"여태 내가 네 녀석의 행동에 대해 참고 넘어간 게 두려워서라 생각한 건 아니겠지? 다 어르신 때문에 참아 준 거다. 그런데 스스로 그 비호를 벗어던졌으니…… 이제는 봐줄 이유가 없겠군."

매유검의 자신만만한 말투에 천무진이 피식 웃었다.

비웃는 듯한 그 모습에 매유검의 미간이 꿈틀할 때였다.

천무진이 말했다.

"뭐야. 설마 여태까지 몰랐던 거야? 비호를 받은 덕분에 살 수 있었던 건 내가 아니라 너였단 걸."

처음 만났던 그때부터 매유검에게 적의를 드러냈던 천무진이다.

그렇지만 그를 죽이지 못했던 건 전부 자모충 때문이었다. 자모충으로 인해 천지광의 명령을 따라야만 했고, 그를 따르는 매유검에게 손을 댈 수가 없었다.

허나 이제 그 속박에서 벗어났으니, 더는 매유검을 그냥 둘 필요가 없었다.

하물며 그가 백아린을 건드린 이상 결정은 확고할 수밖에 없었다.

천무진의 도발에 매유검이 살기를 토해 낼 때였다.

천무진이 말을 이었다.

"왜 천지광 그자가 네가 아닌 날 선택했을 거라 생각해?"

이유는 간단했다.

천인혼을 쥔 천무진이 확신 어린 목소리로 말했다.

"……너와 나는 애초부터 그릇이 다르거든."

"닥쳐!"

천무진의 그 말에 선택받지 못한 이후의 삶이 생각나서인지 매유검은 격한 반응과 함께 몸을 움직였다. 그의 검이 빠르게 날아들었다.

슈우우웃!

유성처럼 길게 꼬리를 물며 날아드는 공격이 순식간에 천무진을 향해 밀려왔다.

그렇지만 천무진은 눈 하나 깜짝하지 않고 천인혼을 휘둘렀다.

카앙!

검을 쳐 냄과 동시에 천무진의 몸이 움직였다.

천룡비공(天龍飛功) 무수화(無數花)가 펼쳐졌다.

허공을 베는 순간 주변으로 무수히 많은 숫자의 꽃잎 형상이 일렁거렸고, 이내 그것은 날카로운 기운이 되어 매유검을 덮쳤다.

그가 뒤로 물러서며 서둘러 검을 휘둘렀다.

카카카캉!

밀려드는 기운을 받아쳐 내던 매유검은 이내 서둘러 호신강기를 끌어올렸다. 그때, 땅으로 틀어박힌 무수화의 초식이 커다란 폭발을 일으켰다.

콰쾅!

연달아 터져 나오는 폭발 속에서 매유검은 이를 악물었다.

'뭐지?'

분명 검으로 막아 내려 했다.

하지만 몇 번 직접적으로 힘을 마주하는 순간 일방적으로 밀린다는 사실을 알 수 있었다.

그럴 수밖에 없었다.

천무진의 단전과 혈도는 이미 천추나락을 익히기 위해 넓혀져 있었고, 그로 인해 순간적으로 내공을 뿜어내는 능력이 예전보다 비약적으로 발전해 있었으니까.

놀란 매유검이 멈칫하는 사이, 천무진의 다음 공격이 날아들고 있었다.

콰콰콰쾅!

땅으로 쑤셔 박은 천인혼에서부터 뿜어져 나온 기운이 순식간에 포위하듯 매유검을 향해 범위를 좁혀 왔다. 그리고 인근에 있던 적풍대 무인들까지 이번 공격에 휩쓸리고야 말았다.

그렇지만 그들의 안위 따위를 신경 쓸 매유검이 아니었다.

파도처럼 치솟는 공격을 바라보며 매유검은 서둘러 자신의 검을 움직였다.

츠츠! 츠츠츳!

연달아 내젓는 검의 방향에 따라 커다란 검기들이 채찍처럼 휘둘렸다.

서둘러 공격을 막아 내는 건 성공했지만…….

"으으으으읏!"

감당해 내기 어려울 정도의 힘을 마주한 탓에 매유검은 순간적으로 전력을 쏟아 내야만 했다. 얼굴이 터질 것처럼 붉어졌고, 이내 그 여파가 몸으로 돌아왔다.

풋풋!

백아린과의 싸움에서 입었던 어깨와 무릎 쪽의 상처에서 피가 터져 나왔다.

순간 천무진의 천인혼에서 또 다른 공격이 날아들었다.

부웅!

이번에는 받아 낼 수 없다 생각한 탓인지 매유검은 곧장 꼴사납게 바닥을 데굴데굴 굴렀다. 그렇게 구르다가 몸을 일으켜 세운 그가 수치심에 얼굴을 붉게 물들였을 때였다.

천무진이 조롱하듯 말했다.

"그 안 봐주겠다고 호언장담한 실력은 대체 언제 보여 줄 생각이지?"

"이잇!"

화가 난 듯 곧바로 달려드는 매유검의 모습을 보며 천무진은 자신의 계획대로 되어 가고 있다 생각했다.

괜히 이런 말로 매유검을 자극하는 것에는 이유가 있었다.

어릴 때에도 긴 시간 같이 지냈지만, 십천야의 일원으로 몇 번 마주하며 그에 대해 더욱 많은 걸 파악해 뒀다.

그랬기에 매유검이 도발에 상당히 약하다는 사실을 알았다.

흥분해서 움직이는 그를 향해 천무진이 내력을 실은 천인혼을 움직였다. 동시에 천인혼에서는 마치 먹이를 노리고 달려드는 맹수처럼 집어삼키는 듯한 형상으로 공격이 쏟아져 나왔다.

정면으로 달려드는 와중에 쇄도하는 공격을 본 매유검은 이를 꽉 깨물었다.

'돌파한다! 그리고 저놈을……!'

자신만만한 표정을 짓고 서 있는 천무진의 얼굴을 뭉개놓아야만 직성이 풀릴 것만 같았다. 그랬기에 매유검은 순간적으로 막대한 양의 내공을 끌어올리며 천무진을 향해 파고들었다.

콰콰쾅!

충돌과 동시에 폭음이 일었지만 매유검은 아랑곳하지 않았다. 그의 검이 빠르게 천무진을 향해 날카로운 공격을 쏟아 냈다.

반달 형태로 휘둘러진 매유검의 검.

그리고 그 검 끝에 맺힌 서슬 퍼런 강기가 매섭게 치고 들어갔다.

천무진의 공격에 피해를 입으면서도 파고든 매유검의 일격.

그만큼 이번 일격에 신경을 썼기에 천무진의 공격에 피해를 입는 것도 감수했던 것이다. 쏟아진 기운이 단번에 천무진을 반으로 가를 것처럼 날아들었고, 그 공격이 지척에 닿는 순간 매유검의 입가엔 자신만만한 미소가 맺혔다.

'먹혔어!'

이번 공격으로 천무진을 죽일 수 있을 거라 생각한 건 아니다. 하지만 적어도 지금처럼 멀쩡한 상태로 자신을 내려다보지는 못할 거라는 확신이 담긴 공격이었다.

하지만…….

부웅! 쾅!

휘저은 검을 강하게 바닥에 꽂아 넣은 천무진의 앞으로 새하얀 빛이 마치 방패처럼 솟구쳐 올랐다.

천룡비공의 방어 초식인 천강기였다.

콰아아앙!

쏟아져 나온 매유검의 공격은 실로 위력적이었다.

그렇지만 그런 위협적인 공격을 펼친 당사자의 안색은 곧 붉으락푸르락하게 변했다.

"이, 이이이!"

반달 모양으로 날아들던 날카로운 공격.

천무진은 정확하게 자신의 앞에 천강기를 펼치며 날아드는 공격을 완벽히 받아 냈다. 하지만 문제는 그게 아니었다.

천무진은 극히 일부분의 공격만 받아 냈을 뿐, 나머지 공격은 그를 스쳐 지나가 뒤편을 덮쳤다.

그리고 그곳에는 적풍대와 뇌룡검대가 자리하고 있었다.

한마디로 매유검은 이번 공격으로 아군에게만 피해를 준 꼴이 되어 버린 것이다.

매유검은 알 수 있었다.

이번 공격의 결과가 그냥 우연이 아니었다는 걸.

애초에 천무진은 매유검을 자신이 원하는 방향으로 몰아넣었고, 자연스레 뒤편에 적들이 위치하게 만들어 두었던 것이다.

지금 같은 순간을 위해서.

화가 머리끝까지 치솟은 매유검이 내력을 끌어올렸다. 이런 일이 벌어진 직후라면 조심스러워지는 것이 당연했겠지만 매유검은 그런 사내가 아니었다.

수하들이 죽은 것 따위는 아무런 문제가 되지 않았다. 그저 자신이 속았고, 우습게 보였다는 사실에 화가 났을 뿐이다.

츠츠츠츠!

새카만 기운이 매유검의 주변으로 피어올랐다.

그런 그의 모습을 보며 천무진은 놀랍다는 시선을 보냈다.

지금 매유검이 펼치려는 무공이 잔마폭멸류라는 사실을 알고 있기 때문이었다. 저번 생에선 자신의 무공이었고, 이번엔 백아린에게 전해 준 그 무공.

그제야 천무진은 알 수 있었다.

"잔마폭멸류를 배웠던 건 너였군."

천무진에게 있어 저주받은 무공이었던 잔마폭멸류.

그 또한 익혔기에 잘 알고 있었다.

지금 매유검이 펼치려는 잔마폭멸류가 완벽한 형태를 이루고 있다는 걸.

천무진은 천인혼을 든 채로 숨을 내쉬었다.

그의 검으로 빠르게 내력이 몰려들었다.

이번 격돌.

천무진에게 있어서는 과거와 현재가 충돌하는 느낌이 들었다.

스윽.

들어 올린 천인혼으로 세상이 빨려 들어온다는 착각이 들었다. 거대한 힘으로 인해 천인혼이 울어 대기 시작했다.

웅웅웅!

검명이 가슴을 파고드는 순간 천무진과 천인혼은 하나가 되었다.

신검합일.

천룡비공 천괴살(天怪殺).

잔마폭멸류와 비슷하게 천무진의 몸 주변으로도 검의 형상을 한 기운들이 피어올랐다.

순간 매유검이 자신의 힘을 폭발시켰다.

"으아아아!"

괴성과 함께 뿜어낸 잔마폭멸류가 천무진을 향해 검은 이를 드러내고 날아드는 그때. 천무진의 천인혼도 따라 움직였다.

동시에 하늘에 떠올랐던 검의 형상을 한 기운들이 들이닥치는 잔마폭멸류를 향해 그대로 날아들어 격돌했다.

쿠웅!

자그마한 울림.

그리고…….

쿵! 콰아아앙!

이어지는 커다란 굉음.

동시에 서로에게 엄청난 폭발이 밀려들었다.

마치 수백여 개의 돌이 온몸을 두들기는 것 같은 느낌이었다. 휩쓸리는 내력이 두 사람의 전신을 휘감고 들어갔다.

동시에 다시 한 번 큰 폭발이 일었다.

쾅!

두 사람이 있던 장소가 터져 나갔고, 이내 그곳에 자리한 둘이 조금씩 모습을 드러냈다.

엄청난 격돌에 한창 여명을 몰아붙이고 있던 백아린조차도 멈칫한 채 뒤쪽으로 시선을 돌린 그 전장에서 모습을 드러낸 천무진의 상태는…… 놀랍도록 멀쩡했다.

충격으로 인해 옷 일부가 터졌을 뿐, 천무진에게는 조그마한 상처조차 보이지 않았다.

그저 밀려드는 내공을 감당해 내며 내상을 입었는지 입 언저리에 슬쩍 피가 묻어 있는 정도뿐, 그 외에는 전혀 문제가 없어 보였다.

반면 매유검은 이번 격돌로 큰 타격을 입은 상태였다.

무엇보다 눈에 띄는 건 바로 그의 얼굴을 가리고 있던 장포가 사라졌다는 것이다. 견뎌 내지 못한 장포가 아예 찢겨 나갔고, 그 때문에 매유검은 언제나 감춰 오던 얼굴이 드러나 있었다.

그 사실을 깨달은 매유검은 피투성이가 된 손으로 자신의 얼굴을 가리며 소리쳤다.

"보, 보지 마!"

허나 그가 손으로 가리기 전에 천무진은 이미 매유검의 얼굴을 보고야 말았다.

그리고 매유검의 얼굴을 확인한 순간 천무진의 표정이 딱딱하게 굳었다.

드러난 얼굴은 놀랍게도 노인의 것이었다.

매유검의 나이가 아직 젊다는 걸 감안하고 보았을 때 노인의 형상을 하고 있는 건 충분히 놀랄 만한 것이었다.

허나 천무진이 놀란 이유는 매유검의 얼굴이 노인이라서가 아니었다.

매유검의 얼굴은 자신이 아는 누군가와 똑같았기 때문이다.

그리고 그건 바로…… 천지광이었다.

놀랍게도 매유검의 얼굴은 천지광의 것과 정확하게 일치하고 있었다.

순간적으로 당황했던 천무진이지만 이내 이 말도 안 되는 상황이 어떻게 된 일인지를 눈치챌 수 있었다.

"……정말 지독하군."

천지광은 허수아비를 준비해 둔 것이다.

만약의 상황에 자신을 대신하여 죽어 줄 존재.

그 존재로 선택된 것이 바로 매유검이었다.

그랬기에 매유검은 어느 정도 나이를 먹고 성장이 멈춘 직후 자신의 얼굴을 빼앗겨야 했다.

인피면구로 속일 수 있는 것이 아니었기에 약물과 사람의 손을 통해 오랜 시간을 들여 똑같은 외향이 되게끔 만들어 낸 것이다.

그건 생각보다 간단한 일이 아니었다.

얼굴 뼈를 부수고 또 부쉈다.

거기다 억지로 피부도 망가트리고, 지독한 약물 속에서 고통을 참아 내며 지금의 이 얼굴을 만들어 낼 수 있었다.

그리고 그러한 사실을 감추기 위해 매유검은 평생 장포

로 얼굴을 가린 채 살아야만 했다.

얼굴을 가린 손가락 사이로 매유검의 눈동자가 상처 입은 맹수처럼 번뜩였다.

그가 말했다.

"너…… 봤냐?"

*　　　*　　　*

자신의 얼굴을 본 거냐 물어 오는 매유검의 질문에 천무진은 곧바로 고개를 끄덕였다.

그리고 처음으로 그에게 연민이 들었다.

혹시 벌어질지도 모르는 일에 대비하여 평생을 천지광의 그림자로 살아야만 했던 운명. 물론 그렇다고 하여 그가 저지른 악행을 그냥 눈감아 줄 생각은 없었지만…….

고개를 끄덕이는 천무진의 모습에 여전히 피투성이 손으로 얼굴을 가리고 있던 매유검이 되물었다.

"……봤다고?"

"그래, 왜 그렇게 장포로 얼굴을 가리고 다니나 했더니 이거 때문이었나."

"큭, 큭큭큭!"

천무진의 말에 매유검은 허리를 굽히고 웃음을 터트렸

다. 광기에 젖은 듯한 그 모습에서는 여러 가지 감정이 묻어 나왔다.

그러던 그가 이내 천천히 고개를 들어 올렸다.

얼굴을 가리고 있던 손은 치운 채로 매유검이 천무진을 똑바로 마주했다.

자세히 매유검을 보게 된 천무진은 다시 한번 놀람을 금하기 어려웠다.

정말 자신이 아는 천지광과 너무도 흡사한 외모다.

그를 아는 자신조차도 몰랐다면 속았을 정도이거늘, 다른 사람이라면 충분히 동일인이라 여길 게 분명했다.

자신의 얼굴을 드러낸 매유검이 천무진을 향해 입을 열었다.

"보여? 이 얼굴이? 이 모든 게 바로 너 때문이다, 천무진!"

매유검은 천무진을 향해 원망 어린 시선을 쏘아 보냈다. 그는 항상 생각했다.

자신이 이렇게 된 건 천무진 때문이라고.

지금 천무진이 서 있는 자리, 저곳이 자신의 자리여야만 했다. 그는 천룡성의 후계자가 되어 밝은 미래를 보장받고 살아가는 천무진을 언제나 증오해 왔다.

자신에게 원망을 쏟아 내는 매유검을 향해 천무진이 입을 열었다.

"아니, 틀렸어. 그건 내 탓이 아니야. 물론 네 탓도 아니지."

이 끔찍한 일들의 발단.

그건…….

"우리의 잘못은 힘이 없었던 것뿐이지. 이 모든 일의 원흉은 천지광, 바로 그다."

어찌 보면 두 사람 모두는 피해자였다.

어린 나이에 끌려가 혹독한 삶을 살아야만 했으니까.

천무진의 말은 끝이 아니었다.

"하지만…… 그렇다 해서 그 이후 네가 살아온 삶까지 용서를 받을 수 있는 건 아니지."

자신이 최후의 일인이 되기 위해 천무진을 속였고, 그를 절벽 아래로 떨어트린 매유검이다.

게다가 그 이후에도 매유검은 십천야에 속한 채로 수많은 악행을 저질러 왔다.

그 대가를 치러야 할 때가 온 것이다.

스윽.

피투성이의 매유검을 마주한 상태에서 천무진이 천인혼을 들어 올렸다.

순간 천무진은 자신의 눈앞에 있는 매유검의 모습이 다르게 보이기 시작했다. 천지광의 얼굴을 하고 있는 지금이 아닌 아주 옛날 함께 울고 웃었던 어린 시절 그의 모습으로.

잠시 그런 매유검을 바라보던 천무진이 이내 입을 열었다.

"이만 끝내자. 우리의 지독한 악연을."

천인혼을 겨눈 천무진을 향해 매유검 또한 자신의 검을 앞으로 내뻗었다.

백아린과의 싸움으로 이미 진을 다 뺀 상태에서 감당해 내기에 천무진은 너무도 강한 상대였다.

잠시 그리 생각하던 매유검은 작게 고개를 저었다.

자신이 멀쩡했다고 한들 과연 이길 수 있었을까?

아니, 단 몇 번이지만 검을 섞어 보며 느꼈다.

천무진은 자신이 감당해 낼 수 있는 실력자가 아니었다. 자신이 예상했던 것과는 비교도 되지 않을 정도로 강해져 있었는데…….

생각이 거기까지 미치는 순간 매유검이 움찔했다.

하나 떠오른 생각이 있었으니까.

매유검이 입을 열었다.

"너 설마…… 천룡의 힘을 완성한 거냐?"

천무진의 상황에 대해 자세히는 모르는 매유검이다. 천룡혼에 대해서도 알지 못했고, 천지광의 진짜 목적도 모른다.

다만 최근 천무진이 천룡성의 마지막 힘을 얻기 위해 폐관에 가까운 수련을 하고 있었다는 것 정도만 알고 있는 상태였다.

그런데 생각보다 훨씬 강해진 채로 나타난 천무진을 보니 문득 그런 생각이 든 것이다.

혹시 천룡의 힘을 완성한 게 아닐까 하는 그런 생각 말이다.

매유검의 질문에 천무진이 답했다.

"맞아."

"하, 하하하! 운도 더럽게 없군. 하필이면 천룡의 힘을 가진 너와 처음으로 싸우게 된 게 나라니."

피에 젖은 이빨을 드러내며 웃던 매유검의 표정이 이내 싸늘하게 변했다.

상대가 자신보다 강하다 한들 그게 무슨 상관인가.

'내가…… 이길 것이다!'

천무진을 죽이고 그가 가진 모든 걸 자신이 가지고야 말 것이다. 그러기 위해 여태까지 이 지옥 같은 삶을 버티며 살아오지 않았던가.

검을 앞으로 뻗은 매유검의 눈빛이 서늘하게 빛났다.

서로를 향해 검을 내뻗은 채 두 사람은 옆으로 조금씩 걸음을 옮겼다.

둘 사이의 공간이 차갑게 얼어붙었다.

언제라도 주변의 모든 것이 찢겨 나갈 것만 같은 일촉즉발의 상태.

먼저 반응을 보인 건 매유검이었다.

부와와와왁!

허공을 찢어발길 듯한 강기가 그의 검에 맺혔다. 동시에 천인혼에도 강기가 피어오르며 언제든 대응할 준비를 끝마쳤다.

자신이 뿜어낸 것임에도 커다란 강기에 짓눌리듯 떨며 매유검이 입을 열었다.

"천무진! 네가 지닌 그 모든 걸 내가 가질 것이다!"

주변이 흔들릴 정도의 강기를 뿜어내며 소리치는 그를 향해 천무진이 답했다.

"그럴 일은 없을 거다. 난 질 생각이 없거든."

자신만만한 그 대답을 듣는 순간 매유검이 땅을 박차고 날아올랐다.

순간 주변의 모든 것들이 갈라져 나갔다.

동시에 천무진 또한 자신을 향해 모든 걸 걸고 달려드는 매유검에게 몸을 날렸다.

슈아아아악!

서로를 향해 몸을 날린 두 사람.

상대방을 향해 달려 나가는 천무진과 매유검의 주변이 박살이 나며 커다란 굉음이 연달아 터져 나왔다.

콰콰콰콰콰쾅!

커다란 강기가 순간적으로 충돌하며 서로의 몸이 겹쳤다가 이내 각자 반대편으로 착지했다.

일순 두 사람의 시간이 멈춘 듯 천천히 흘러갔다.

그리고…….

푸웃!

서로 위치를 바꾼 듯 서 있던 상태에서 갑자기 매유검의 가슴에서 피가 터져 나왔다. 동시에 몸이 쓰러지려는 것을 그가 서둘러 손에 들린 검을 땅에 박아 넣으며 버텼다.

가슴 깊게 파인 검상.

치명상이었다.

그에 비해 몸을 돌린 천무진의 상태는 깨끗했다.

힘겹게 검으로 몸을 지탱하고 비틀거리던 매유검의 입에서 검붉은 피가 주르륵 흘러내렸다.

압도적인 차이.

천룡의 모든 힘을 얻은 지금의 천무진과 매유검 사이에는 넘을 수 없는 벽이 존재했다.

그럼에도 불구하고 매유검은 아직까지도 눈에 독기를 품고 있었다.

"나, 나는……지지…… 않는다……."

천무진이 지닌 그 모든 걸 빼앗아 자신이 가지고 싶었다.

그리고 그 열망은 지금 이 순간도 변하지 않았다.

파앙.

땅에 박힌 검을 빼낸 채 몇 걸음 비틀거리며 걸어가던 매유검이었다. 하지만 이내 그의 시야가 점점 뿌옇게 변하기 시작하더니…….

쿠웅.

몇 걸음 걷지 못하고 그가 바닥으로 쓰러졌다.

전생에서는 천무진을 죽였고, 이번 생에서도 어린 시절부터 긴 악연을 이어 오던 매유검이 그렇게 숨을 거둔 것이다.

바닥에 쓰러진 채로 죽음을 맞이한 매유검을 잠시 내려다보던 천무진이 이내 몸을 돌렸다.

뒤편에서는 아직까지 백아린이 수많은 적들과 싸우고 있었다.

천인혼을 고쳐 잡은 천무진이 남아 있는 적들을 향해 달려갔다.

싸움은…… 아직 끝나지 않았으니까.

＊　　　＊　　　＊

천무진이 개입한 이후 싸움은 빠르게 정리가 되었다. 애초에 백아린 혼자서도 휩쓸고 있었던 상태에서 천무진이 힘을 보태자 승부는 너무도 쉽게 결정 났다.

쓰러트린 엄청난 숫자의 무인들을 바라보며 백아린은 숨을 내쉬었다.

실로 엄청난 싸움이었다.

그 순간 옆으로 다가온 천무진이 걱정스레 물었다.

"괜찮아?"

"그럼요. 아주 멀쩡해요."

백아린이 웃으며 씩씩하게 대답했지만, 그 말이 곧이곧대로 들리진 않았다. 천무진이 오기 전부터 시작된 긴 싸움으로 인해 적잖은 부상을 입은 상태였으니까.

적들을 모두 쓰러트린 걸 확인한 그녀가 옆에 박아 두었던 대검을 뽑아 등에 걸었다.

백아린이 말했다.

"움직이죠. 부총관도 위험할 거예요."

자신은 천무진이 도와주러 와서 이런 식으로 위험에서 빠져나왔지만, 한천은 아니다. 그랬기에 그를 위해 서둘러야 한다 말하고 있었는데…….

천무진이 품에서 금창약을 꺼내며 입을 열었다.

"상처부터 치료하지."

"말했잖아요. 지금 그럴 시간이……."

"걱정할 필요 없어. 그쪽에도 도와줄 다른 사람이 갔을 테니까."

천무진의 말에 백아린이 당황하며 물었다.

"다른 사람이요? 누가요?"

"이런 상황에서 내가 믿고 맡길 만한 사람이 누가 있겠어."

천무진의 그 한마디에 백아린의 머릿속에는 한 명의 사내가 떠올랐다.

그녀가 놀란 듯 입을 열었다.

"단엽이요?"

"맞아. 그 녀석. 당신을 구하기 위해 움직이기 전에 단엽이 도착했다는 적화신루 쪽의 연락을 확인했거든. 그래서 곧장 적화신루를 통해 한천이 위험하니 그쪽을 부탁한다고 해 놨어."

천무진의 말에 백아린의 굳었던 표정이 슬슬 풀렸다. 물론 정확한 상황이야 눈으로 확인해야 알겠지만 그래도 단엽이 도우러 움직였다면 한천 또한 자신처럼 위기에서 벗어났을 확률이 높았다.

천무진 덕분에 한시름 덜긴 했지만…….

백아린이 그래도 신경이 쓰이는지 입을 열었다.

"그래도 우선은 제 상처보다 부총관의 안위부터 확인하고 싶어요. 혹시 모르니 우선⋯⋯."

막 말을 이어 가는 백아린을 바라보던 천무진이 갑자기 그녀의 뒤편을 힐끔 확인했다. 그러고는 이내 다친 백아린의 팔목을 슬며시 잡으며 입을 열었다.

"당신이 움직일 필요는 없을 것 같은데. 그쪽에서 먼저 온 모양이니까."

천무진의 말에 백아린이 화들짝 놀라며 뒤편으로 시선을 돌렸고, 그곳에는 두 명의 사내가 다가오고 있었다.

오랜만에 얼굴을 마주한 단엽, 그리고⋯⋯ 부상이 가득한 한천까지.

두 사람의 모습을 확인한 백아린이 눈을 크게 치켜떴다.

무사한 한천의 모습을 보자 백아린은 당장이라도 눈물이 떨어져 내릴 것만 같았다.

백아린을 구하기 위해 아픈 몸에도 서둘러 달려왔던 한천은 그녀가 무사하고, 그 옆에 천무진까지 있는 걸 확인하는 순간 딱딱했던 표정이 환하게 변했다.

"대장!"

자신을 부르는 한천을 향해 백아린이 막 달려가려고 하며 입을 열 때였다.

"부총관 몸은……."

"천무진!"

채 말을 다 뱉기도 전에 단엽이 갑자기 버럭 소리를 내지르며 달려들었다.

갑작스러운 상황에 천무진이나 백아린 모두가 왜 그러나 하는 듯한 표정으로 그 자리에 서 있는 그때였다.

번개처럼 달려온 단엽이 허공으로 붕 뜨더니 곧장 천무진의 복부를 향해 주먹을 내리꽂았다.

콰아앙!

단순한 주먹질이었거늘 마치 쇳덩어리끼리 부닥치는 듯한 충돌음이 터져 나왔다. 전혀 방비하지 않고 있었던 탓에 천무진은 팔꿈치로 날아드는 공격을 가까스로 막아 냈다.

갑작스러운 단엽의 행동에 백아린이 어안이 벙벙한 표정을 지어 보일 때였다.

주먹을 회수한 단엽이 소리쳤다.

"멍청한 자식! 다 들었다. 한심하게 조종이나 당하고 있다면서? 내 주인이라던 자가 고작 그따위 놈이었냐? 어서 덤벼, 내가 신나게 두들겨 패서 그 썩어 빠진 상태를 고쳐 줄 테니까!"

말과 함께 손을 까닥거리는 단엽의 모습에 백아린이 짧은 한숨과 함께 그의 어깨를 툭툭 쳤다.

천무진을 매섭게 노려보던 단엽이 옆에 위치한 백아린을 슬쩍 바라보며 입을 열었다.

"말리지 마. 이건 내가 정한 거니까."

"아니야."

"엉?"

"그런 상태 아니라고."

"그게 무슨……."

바로 그때였다.

"어이, 단엽."

움찔.

자신을 부르는 천무진의 목소리에 단엽은 그쪽으로 시선을 돌렸다.

천무진은 단엽의 공격을 막아 낸 팔꿈치가 아직도 얼얼한지 팔을 가볍게 이리저리 비틀며 다가오고 있었다. 거기다 옆에 있는 백아린은 이마를 짚은 채로 작게 한숨을 내쉬었다.

뭔가 묘한 분위기.

그제야 단엽은 지금 상황을 눈치챌 수 있었다.

단엽이 어색하게 웃으며 뒷머리를 긁적였다.

"하, 하하하. 다 나았으면 나았다고 말하지 그랬어. 괜히 오해했잖아."

말을 할 틈도 주지 않고 주먹부터 휘둘렀던 당사자가 하는 변명치고는 설득력이 없었지만…….

천무진이 주먹을 꽉 움켜쥔 채로 입을 열었다.

"……복귀 인사가 꽤나 거창하네."

어이없다는 듯 헛웃음과 함께 다가오는 천무진의 모습에 단엽은 자신도 모르게 뒷걸음질 칠 수밖에 없었다.

"시, 실수였다니까?"

점점 더 거리를 좁혀 오는 천무진을 향해 단엽이 손사래를 쳐 댔다.

그리고 그런 두 사람을 백아린과 한천은 못 말리겠다는 눈으로 바라보기만 했다.

그렇게 길다면 긴 몇 달의 시간이 지나…… 네 사람이 다시금 한자리에 모였다.

화려한 단엽의 인사와 함께.

3장. 복수의 시작
— 재밌을 것 같네

　싸움을 끝마친 천무진 일행이 있는 곳으로 의선이 찾아왔다. 혹시 모를 상황에 대비하여 천무진은 의선에게 싸움이 벌어지는 인근에서 대기하도록 부탁했었고, 이내 그가 일행들의 부상을 치료하기 위해 나타난 것이다.

　의선은 곧장 일행들의 상태를 살폈다.

　사실 천무진은 아예 멀쩡하다시피 했고, 단엽 또한 외상을 입긴 했지만, 치명상은 없는 상태였다. 백아린은 외상과 내상을 꽤 입은 상태였으나, 회복에 문제는 없을 수준이었다.

　하지만 한천은 달랐다.

외상 자체도 백아린보다 컸지만, 그보다 더욱 문제가 되는 건 귀명신단을 복용한 후유증이었다.

하지만 한천은 자신의 그런 몸 상태를 일행들에게 말하지 않았다.

그저 그를 마주한 의선만이 그 사실을 눈치챘을 뿐이다.

놀란 듯 말을 꺼내려 드는 의선을 향해 한천이 아무렇지 않게 웃으며 입을 열었다.

"아이고, 삭신이 쑤셔서 그런데 상태를 좀 봐 주시면 안 되겠습니까?"

말을 하는 한천은 크게 아파 보이지 않았다.

그렇지만 그 와중에도 그의 손은 작게 경련하고 있었다. 그저 조금씩 밀려드는 고통을 이겨 내기 위해 이를 악문 채로 최대한 버티고 있는 것뿐이었다.

한천의 행동에서 의선은 그가 귀명신단을 비밀리에 구해 달라고 했을 때처럼 최대한 자신의 상태를 다른 이들에게 알리고 싶어 하지 않는다는 걸 깨달았다.

그걸 눈치챘기에 의선은 그저 묵묵히 고개를 끄덕이고는 다른 이들을 향해 말했다.

"부총관의 부상이 가장 심한 듯하니 먼저 아래에 준비된 장소로 이동해서 치료를 하도록 하겠습니다."

"부탁해요, 의선 어르신."

백아린이 걱정스러운 표정으로 답했다.

진짜 속사정을 모름에도 불구하고 겉으로 드러난 것으로 보아 가장 큰 부상을 입은 것이 한천이었기에 백아린으로서는 걱정이 드는 상황이었다.

치료를 위해 먼저 움직이는 의선을 따라 걸음을 옮기려던 한천이 잠깐 뒤편에 있는 일행들을 향해 몸을 돌렸다. 그러고는 평소와 조금도 다름없는 모습으로 가볍게 인사했다.

"저부터 먼저 가서 좀 쉬고 있을 테니 세 분이 제 몫까지 뒷정리 부탁드립니다. 역시 이럴 땐 환자가 최고라니까요? 하하!"

웃고 있는 그를 향해 백아린이 답했다.

"하여튼 쓸데없는 소리는. 됐으니까 빨리 가서 치료나 해."

"이왕 이렇게 모였는데 술 한잔들 해야죠. 그럼 제 걱정 마시고 이따 뵙지요."

한천이 걱정하지 말라는 듯 일행들을 바라보며 너스레를 떨었다.

점점 밀려드는 고통에 얼마나 큰 괴로움을 견뎌야 할지는 체감됐지만 상관없었다.

자신을 바라보는 저 세 사람.

이들이 모두 무사한 상태로, 한자리에 모여 있는 걸 보는 것만으로도 자신이 겪어야 할 지독한 고통 정도는 얼마든 감수할 만한 가치가 있었으니까.

귀명신단을 복용한 건 자신의 선택이었기에, 그로 인해 벌어질 일들로 동료들을 걱정시키고 싶지 않았다.

이제부터는…… 온전히 자신이 감내해야 할 싸움이었으니까.

의선의 옆으로 다가간 한천이 눈을 찡긋하며 말했다.

"가시죠, 어르신."

"……그러지."

곁눈질로 한천의 안색을 확인하며 의선은 빠르게 걸음을 옮겼다. 그렇게 사라지는 두 사람의 뒷모습을 가만히 바라보던 중 단엽이 걱정스러운 목소리로 작게 중얼거렸다.

"괜찮은 척하는 거 같은데……."

그 말에 천무진과 백아린 두 사람도 고개를 끄덕였다. 한천은 전혀 아무렇지 않은 듯 굴었지만, 이들 중 그걸 눈치채지 못할 이는 아무도 없었다.

무려 일 년이다.

그 시간 동안 매일 붙어 지내던 그들이었기에 한천의 지금 행동이 자신들을 안심시키기 위한 것이라는 걸 알고 있었다.

그리고 그걸 잘 알기에 세 사람은 오히려 한천 앞에서는 모르는 척 그의 장단에 맞춰 준 것뿐이었다.

잠시 한천이 사라지는 걸 바라보던 세 사람.

그에 대한 걱정에 분위기가 무겁게 가라앉던 도중 백아린이 서둘러 화제를 돌렸다.

"그런데 대체 어떻게 회복한 거예요?"

그녀는 천무진에게 질문을 던졌다.

분위기를 환기시키기 위해 화제를 바꿨지만, 실제로 무척이나 궁금한 것도 사실이었다.

백아린이 알기론 몸 안에 자리하고 있는 자모충을 제거할 어떠한 해결 방법도 찾지 못하던 중이었다.

그런데 갑자기 나타난 천무진은 놀랍게도 천지광의 손아귀에서 완전히 벗어난 상태였다. 그것은 곧 자모충으로 인해 벌어진 모든 상황들이 해결됐다는 의미기도 했다.

백아린의 질문에 천무진은 자신에게 있었던 일에 대해 설명했다.

남윤을 통해 의선을 만났고, 극단적인 실험을 했으나 천룡성의 절기를 익혀 가는 과정에서 얻게 된 효과로 인해 위험한 순간을 넘기고 이렇게 나타날 수 있게 되었다는 것 말이다.

이야기를 들으며 백아린의 얼굴은 갖가지 표정들로 복잡

해졌다.

아무렇지 않게 이야기하고 있지만 천무진이 이곳에 자신을 구하러 오기 위해 목숨을 걸었다는 걸 알 수 있었기 때문이다.

운이 좋아 몸 안에 있는 자모충을 없애고 모든 일이 잘 풀리긴 했지만 조금만 어긋났더라면 결코 천무진은 살아서 이곳에 오지 못했을 게다.

그 사실을 알게 되자 백아린은 마음이 아팠다.

그랬기에 그녀는 천무진을 향해 말했다.

"왜 그런 바보 같은 선택을 했어요. 당신 죽었을지도 모른다고요."

"……그래서야."

"네?"

천무진의 대답에 백아린이 이해가 안 간다는 듯 되물을 때였다. 그녀와 시선을 맞춘 채로 천무진이 천천히 입을 열었다.

"내가 죽고 싶지 않아서. 당신이 없다면 내가 살 수 없을 테니까."

천무진의 그 말에 백아린은 놀란 눈으로 그를 바라볼 수밖에 없었다.

그의 마음이 느껴졌고, 그래서인지 이상할 정도로 마음

이 따뜻해졌다.

그런 그녀를 향해 천무진이 물었다.

"상처는 좀 어때? 응급 처치를 끝내긴 했지만, 상처들이 제법 깊은데."

걱정이 담긴 천무진의 질문에 백아린은 힐끔 자신의 몸을 내려다봤다. 천무진의 말대로 부상들이 꽤나 많았고, 개중 일부는 무척이나 깊었다.

그런데…….

"방금 전까진 아팠는데…… 이젠 하나도 안 아파요."

말과 함께 백아린이 환하게 웃었다.

그렇게 두 사람이 서로를 바라보며 따뜻한 시선을 주고받는 바로 그때였다.

"큼큼. 저기 방해해서 미안한데 앞으로의 계획이 어떤지 좀 물어봐도 될까?"

옆에서 단엽이 헛기침과 함께 끼어들었다.

그제야 단엽의 존재를 기억했는지 천무진과 백아린이 시선을 돌려 그를 바라봤다.

앞으로의 계획에 대한 단엽의 질문. 그리고 백아린 또한 궁금하다는 듯 시선을 돌려 천무진을 바라봤다.

이제 천무진이 정신을 차렸으니 남은 건 십천야의 수장인 천지광을 박살 내는 것뿐이었다.

그렇게 두 사람의 시선을 한 몸에 받은 천무진이 입을 열었다.

"그곳에 돌아갈 생각이야."

너무도 의외의 말에 백아린과 단엽이 놀란 듯 눈을 치켜 떴다.

하지만 천무진은 아랑곳하지 않고 두 사람을 번갈아 바라봤다.

그가 말했다.

"일말의 실패 가능성조차 완벽히 지울 계획을 하나 준비했거든. 그리고 그러기 위해서는…… 두 사람의 힘이 필요해."

말을 내뱉는 천무진의 눈동자가 의미심장하게 빛났다.

오랜 시간 천지광의 손아귀에서 놀아난 천무진이다.

저번 생에 이어 이번 생까지.

그렇지만 그 모든 굴레에서 벗어난 지금부터는 자신의 차례가 된 것이다.

이제 되갚아 줄 시간이다.

* * *

백아린과 한천을 궁지로 몰아넣은 장소 인근에는 아직까지도 십천야의 일부 무인들이 자리하고 있었다. 그들은 다름 아닌 뇌룡검대의 무인들로 백아린과 한천이 혹시라도 탈출을 시도할 시, 빠져나가지 못하도록 포위하는 임무를 맡고 있는 이들이었다.

애초에 뇌룡검대는 두 개로 나뉘어서 그 절반은 백아린을 죽이는 일에 투입되었었고, 나머지가 이곳을 지키고 있던 상태였다.

물론 그들 중 일부는 단엽과 대홍련이 안으로 들어가기 위해 은밀히 제거했지만, 아직 생존해 있는 이들은 그 사실을 알지 못했다.

그들은 그저 자신들에게 주어진 장소에 자리한 채로 내부에서 누군가가 빠져나오지 못하도록 감시를 하던 중이었다.

그렇게 삼엄한 감시가 이어지는 그곳으로 갑자기 누군가의 그림자가 모습을 드러냈다.

갑작스러운 상대의 등장에 입구를 막아서고 있던 뇌룡검대 무인들은 곧장 검을 들어 올렸다.

"누구냐!"

이곳의 무인들을 이끌고 있는 곡균상이 소리쳤다.

검을 든 채로 상대를 향해 살기를 쏟아 내던 그때 이윽고 모습을 드러낸 건…… 엉망이 된 장포를 눌러쓰고 있는 사내, 바로 매유검이었다.

매유검을 알아본 이들이 놀란 표정을 지어 보이는 그때였다.

힘겹게 걸어오던 그가 털썩 무릎을 꿇었다.

그러고는 이내 무너질 듯 주저앉은 채로 가쁜 숨을 몰아쉬었다.

"하아, 하아."

엉망이 된 숨소리, 거기다가 피투성이가 된 손까지.

뭔가 일이 벌어졌다는 사실을 깨달은 곡균상이 서둘러 매유검에게로 달려갔다.

"무, 무슨 일이십니까?"

곡균상의 목소리에는 다급함과 함께 매유검에 대한 두려움이 뒤섞여 있었다. 자신을 향해 물어 오는 질문에 매유검이 목이 쉬어 버린 것처럼 갈라진 목소리로 힘겹게 입을 열었다.

"……당했다."

"예? 그게 무슨……."

"당했다고! 망할 단엽과 대홍련이 개입했다."

단엽과 대홍련이라는 말에 곡균상을 비롯한 뇌룡검대의 무인들은 움찔할 수밖에 없었다.

그들은 결코 우습게 볼 상대가 아니었으니까.

곡균상이 서둘러 물었다.

"설마 위쪽에 올라간 이들 모두 당한 겁니까?"

그의 질문에 매유검이 고개를 끄덕였다.

그러고는 이내 분하다는 듯 소리쳤다.

"젠장! 표적이었던 둘을 죽이기 위해 너무 많은 이들이 죽어 나갔어. 그 이후에 들이닥친 대홍련 무인들을 막아 낼 재간이 없었다. 그 둘은 확실히 숨통을 끊었는데 하필이면 이런 식으로 당하다니!"

주변 모두가 들을 수 있을 만큼 쩌렁쩌렁한 목소리로 소리치는 매유검.

그런데 뭔가가 이상했다.

표적이 되었던 백아린과 한천 모두 죽지 않았으니까.

바로 그 순간 잠시 주저앉았던 매유검이 힘겹게 몸을 일으켜 세우며 말했다.

"서둘러 돌아가야 한다. 지금 상황을 어르신께 보고해야……."

바로 그 순간.

피잉!

날아든 하나의 검기가 매유검의 등에 적중했다.

그러자 매유검이 장포 안쪽에서 피를 뿌리며 바닥으로 쓰러졌다.

순간 뒤편에서 흉흉한 기세를 한 백 명이 훌쩍 넘는 대홍련의 무인들이 모습을 드러냈다. 그들은 각자의 무기를 든 채로 다가오고 있었다.

"어이, 어딜 도망치려고 그래."

대홍련 무인의 자신만만한 표정.

곡균상이 놀란 듯 자세를 잡으려는 그때, 바닥에 쓰러진 매유검이 힘겹게 입을 열었다.

"한 명이라도 살아남아라…… 그래서 꼭 이번 일을 어르신께……."

그 말을 끝으로 매유검이 축 늘어졌다.

그의 명령을 전해 들은 곡균상은 이를 악물었다.

위쪽에 투입된 병력들이 모두 죽었다면 지금 자신들만으로는 단엽과 대홍련을 막아 낼 재간이 없었다. 그렇다면 지금 내릴 수 있는 최선의 선택은 하나였다.

곡균상이 소리쳤다.

"모두 도망쳐라!"

그 외침에 자리에 있던 뇌룡검대 무인들 전원이 대홍련 무인들과의 거리가 더 좁혀지기 전에 빠르게 뒤편으로 빠져나가기 시작했다.

매유검에게서 반드시 살아남아 이번 일에 대해 보고하라는 명령까지 받았으니, 도망치는 것에 대한 명분도 충분했다.

망설일 이유가 없었다.

약 절반가량의 대홍련 무인들이 그렇게 달려가는 이들을 뒤쫓았다.

하지만 그 움직임은 사실 그저 형식적인 것에 불과했다. 그들은 진짜로 도망치는 적들을 모두 죽일 생각이 없었으니까.

뇌룡검대 무인들이 빠르게 빠져나가고, 그들의 뒤를 대홍련 무인들이 쫓는 그때.

백 명 중 약 다섯 명만이 죽어 있는 매유검을 향해 다가갔다.

그렇게 매유검에게 다가간 다섯 명 중 하나가 그를 내려다보며 입을 열었다.

"다 갔습니다. 이제 일어나셔도 될 것 같습니다. 련주님."

그 말이 끝나는 순간 앞으로 쓰러진 채 미동도 없던 매유검이 반응했다.

벌떡.

자리에서 일어난 그가 입을 열었다.

"하다 하다 이제 시체 흉내까지 내게 하다니. 하여튼 망할 주인이라니까."

익숙한 목소리로 투덜거리며 장포를 벗어 던지자 그 안

에서는 단엽의 모습이 드러났다.

그는 얼굴에 묻은 피를 닦아 내며 슬쩍 주변을 바라봤다.

방금 전까지 이곳에 가득했던 뇌룡검대 무인들은 단 한 명도 보이지 않았다.

대홍련 무인들이 뒤쫓고 있으니, 뒤도 돌아보지 않고 도망가는 중일 것이다. 그리고 그들은 명령대로 비밀 거점으로 가서 지금 매유검의 흉내를 낸 단엽이 내뱉은 말을 그대로 보고하게 되겠지.

천무진은 적들이 백아린과 한천의 생존을 모르길 바랐다.

그래야만 이후에 또다시 그 둘에게 위험이 닥치는 일이 벌어지지 않을 테니까.

그리고 앞으로 진행되어야 할 일에 있어서도 이런 거짓말은 반드시 필요했다.

대홍련이 개입되었다는 걸 알린 이유는 그렇지 않고서야 이곳에 투입된 모두가 죽었다는 사실이 납득되지 않을 것이기 때문이다.

그리고 그 사실을 알린 것이 가까스로 도망쳤던 매유검이라 생각할 터이니, 이번 작전은 천무진이 원하는 방향으로 흘러가게 될 게다.

비어 있는 공간을 바라보던 단엽이 입을 열었다.

"시체 흉내를 낸 건 마음에 안 들지만…… 그래도 이번 작전은 제법 재미있을 것 같네."

몸을 돌려 위쪽에 있을 일행들에게 돌아가기 위해 걸음을 옮기는 단엽의 입가에 의미심장한 미소가 맺혔다.

＊　　　＊　　　＊

모든 것은 천무진의 계획대로 흘러갔다.

일부러 놓아준 일부 뇌룡검대의 무인들은 도주에 성공하였고, 잠시 몸을 감추고 있다가 틈을 봐서 십천야의 비밀 거점으로 움직인 것이다.

생존자들을 이끌고 도망쳤던 곡균상은 곧바로 주란을 찾아가 이 사실을 알렸고, 그녀를 통해 곧장 회의가 열렸다.

하지만 말이 회의지, 모인 십천야는 꽤나 볼품이 없어진 상태였다.

그 회의장에 모인 건 단 셋뿐이었으니까.

언제나 휘장 안에 자리하고 있는 천지광, 그리고 이번 임무에 투입되지 않았던 자운과 주란이 전부였다.

얼마 전까지만 해도 이곳에서 회의가 열리면 내부는 꽉 찬 느낌이 들었었다. 그만큼 많은 이들이 자리했고, 또 여러 목소리들이 뒤섞였던 장소.

하지만 이제는 아니었다.

이곳에 남아 있는 건 깊은 침묵과 텅 빈 공허함뿐이었다.

휘장 안쪽에 자리하고 있는 천지광이 보고를 받은 직후 잠시 침묵하다 이내 입을 열었다.

"……모두 죽었다고?"

"네, 생존자는 외부에서 대기하고 있던 뇌룡검대 무인들 중 일부에 불과해요."

두 사람을 죽이기 위해 움직인 대가치고는 그 피해가 실로 막심했다.

혈기군단과 적풍대의 괴멸.

우내이십일성에 속하는 추풍량과 여명의 전사.

거기다 그 둘보다도 무력이 뛰어났던 야율인뿐만 아니라 십천야인 반조와 매유검도 숨졌다.

다른 타격이야 그렇다 쳐도 십천야인 두 사람이 죽은 건 실로 엄청난 문제였다. 특히나 반조는 십천야 내에서도 실질적인 우두머리 역할을 하던 이다.

그러던 반조가 죽었으니 십천야는 큰 혼란에 빠질 것이고 많은 부분에서 그의 빈자리를 느끼게 될 것이 자명했다.

점점 줄어드는 자리를 볼 때마다 주란은 불안했다.

이렇게 조금씩 십천야의 힘이 줄어들고 있는 것 같다는 생각이 들었기 때문이다.

그 순간 안쪽에 있는 천지광이 입을 열었다.

"표적이었던 둘은?"

"적화신루의 그 두 사람이 죽은 걸 매유검이 확인했다고 해요. 다만 그 말을 전한 이후 나타난 대홍련의 련주 단엽과 그의 수하들에게 매유검도 당했다고 들었어요. 이대로 당하고 있을 수만은 없으니 대홍련에 대한 조치를……."

"그 이야기는 나중에 하지."

백아린과 한천이 죽었다는 대답을 듣는 순간 더는 이야기를 들을 이유가 없다 생각이 든 천지광이 말을 끝내며 휘장 안쪽에서 몸을 일으켜 세웠다.

이번 일의 목적은 천무진의 상태에 영향을 줄 수 있는 자모충에 대한 조사를 하던 두 사람을 제거하는 것뿐이었다.

본래의 목적을 달성했으니, 굳이 그 이후의 일에는 신경 쓸 이유가 없었다.

천지광의 관심사는 천룡혼, 오직 그거 하나뿐이었으니까.

이야기를 쏟아 내던 주란은 자신의 말을 자르고 이 자리를 떠나려는 천지광의 모습에 움찔할 수밖에 없었다.

그녀는 도통 이해가 되지 않았다.

계속해서 약해져 가는 십천야의 힘.

그런데 그 수장인 천지광이 아무런 대책도 내놓지 않고 있다. 하물며 십천야의 두 명과 내부의 커다란 세력 몇 개가 박살이 난 지금까지도.

평소라면 절대 토를 달지 않는 그녀였지만 이번만큼은 달랐다.

주란이 소리쳤다.

"어르신! 이대로 있다가는 십천야가 흔들릴 거예요. 지금이라도 뭔가를 하지 않으면……."

불만 가득한 말을 쏟아 낸 직후였다.

쏴아아!

갑자기 밀려드는 천지광의 기운에 주란뿐 아니라 그 옆에서 아무런 말 없이 자리하고 있던 자운까지도 움찔해서 뒷걸음질 쳤다.

십천야인 두 사람이 겁을 집어먹고 뒷걸음질 치게 만들 정도로 위협적인 살기였다.

주란의 입을 닫게 한 천지광이 이내 입을 열었다.

"……그냥 기다리거라. 곧 좋은 소식이 있을 테니."

그 말을 끝으로 더는 할 이야기가 없다는 듯 천지광은 휘장 안쪽에서 사라졌다. 그렇게 그가 사라지고 약간의 시간이 흐른 후.

주란이 참지 못하고 바닥을 내려쳤다.

쿵!

그녀는 이해가 안 간다는 듯 중얼거렸다.

"좋은 소식? 대체 그 좋은 소식이 뭔데?"

말과 함께 주란은 회의실 내부에 비어 있는 자리를 쓰윽 훑어봤다.

천지광과 천무진을 제외하고 여덟 개의 자리가 있었거늘 이제는 그중 여섯 개가 공석이다.

천무진이 나타나고 고작 일 년.

그동안 십천야는 점점 파멸의 길로 걸어가는 느낌이었다.

심지어 같은 편이 된 지금까지도.

그때 조용히 자리하고 있던 자운이 천천히 몸을 돌렸다.

회의실을 나가려는 듯한 그의 모습에 주란이 서둘러 소리쳤다.

"넌 아무 생각 없어?"

"무슨 생각?"

"흘러가는 꼬락서니를 봐. 십천야가 이렇게 되고 있는데 넌……."

"지금 이게 어때서?"

"……뭐?"

자운이 몸을 돌려 주란과 시선을 맞춘 채로 가볍게 어깨를 으쓱했다. 그녀의 말대로 십천야 자체적으로 많은 숫자의 고수들이 죽어 나갔지만…… 사실 자운의 입장에선 크게 상관이 없었다.

아니, 오히려 내심 반기는 부분이 있는 것도 사실이다.

반조와 매유검.

그 둘은 자운으로서는 넘을 수 없는 존재들이었다.

둘 모두 자운보다 천지광과 더욱 밀접한 관계였고, 실력 또한 분하지만, 자신보다 반 수는 앞서 있었다.

그랬기에 자운은 언제나 일인자가 될 수 없었다.

물론 그건 지금도 마찬가지다.

천지광을 제외하고서라도 천무진이라는 존재가 나타났으니까.

사실 그로 인해 자운은 내심 불만을 가지지 않았던가.

십천야 내에서 자신의 서열이 더욱 떨어진 것 같은 느낌이 들었으니까.

하지만 이제는 아니다.

어차피 천무진은 외부에서 들어온 자.

그리고 자신은 예전부터 어르신을 모셨던 위치에 있었다.

이런 상황에서 자신의 능력을 더욱 두드러지게 드러낼 수만 있다면…… 다음 십천야의 수장 자리가 자신에게 주어지는 것도 불가능은 아닐 게다.

'무림맹의 일을 하루빨리 정리해야겠군.'

자운은 무림맹을 집어삼키는 일을 도맡았던 인물이다. 그랬기에 여태까지 차근차근 일을 진행시켜 왔는데…… 아무래도 그 속도를 더욱 높여야 할 때가 온 느낌이었다.

어르신에게 있어 최고로 점수를 딸 방도가 그거라 생각한 자운은 다시금 방을 나서기 위해 몸을 돌렸다.

그가 자신의 등 뒤에 서 있는 주란을 향해 말했다.

"어차피 우리는 각자의 일을 하는 것뿐 아닌가? 빈 십천야의 자리는 다른 누군가가 채우면 그만이고. 너도 쓸데없는 불만을 가지기보다는 십천야를 위해 뭔가를 할 생각부터 하는 게 나을 것 같은데."

그 말을 끝으로 자운은 회의실을 벗어났다.

그렇게 혼자만 남게 된 주란은 자신의 얼굴을 감싸 안은 채 중얼거렸다.

"정말…… 엉망진창이야."

*   *   *

수하들이 있는 거처를 나선 천지광이 은밀히 향한 곳은 다름 아닌 천무진이 있는 연무장이었다.

연무장에 도달한 천지광이 마주하게 된 건 남윤이었다.

장포로 얼굴을 가리고 있었거늘 남윤은 바로 그를 알아
보고는 짧게 포권을 취했다.

"오셨습니까."

"됐고, 천무진은?"

물어 오는 질문에 남윤이 뒤편에 위치한 연무장을 슬쩍
바라봤다. 실내에 위치한 연무장이었지만 창문을 통해 내
부의 모습을 살필 수 있었다.

그곳에는 눈을 감은 채로 가부좌를 틀고 있는 천무진이
자리하고 있었다.

그런데 가부좌를 틀고 있는 천무진의 몸 주변으로 고리
모양의 새하얀 기운들이 피어오르고 있었다. 그 모습을 본
천지광이 놀란 듯 눈을 치켜떴다.

"호오."

천룡성의 절기를 얻게 되는 과정에 대해서는 알지 못한
다. 그렇지만 평소와는 달라진 모습에 때가 더욱 가까워져
왔을 거라는 생각이 들어서인지 천지광의 몸은 가볍게 떨
려 왔다.

다시 한 번 더 삶을 살 수 있게 만드는 천룡성의 진짜 힘
인 천룡혼!

그것이 자신의 손아귀에 들어올 날이 머지않은 느낌이었
다.

잠시 천무진의 상태를 살펴보던 천지광이 남윤을 향해 따라오라는 듯 슬쩍 손짓했다. 그리고는 두 사람은 연무장과 다소 떨어진 곳까지 함께 걸어갔다.

그렇게 도착한 장소에서 천지광이 물었다.

"운기조식을 하는 과정에 변화가 있는 것 같던데 언제부터 저렇던가?"

"그게 대략 다섯 시진 정도 된 것 같습니다."

"……그래?"

천지광이 작게 고개를 끄덕이며 중얼거리다 이내 남윤에게 물었다.

"혹시 일이 벌어지는 동안 뭔가 보고할 일은 없었느냐?"

두루뭉술하게 말하고 있었지만 천지광의 질문의 의도를 파악했는지 남윤이 곧바로 답했다.

"걱정하실 일은 없었습니다. 적화신루의 두 명을 제거하기 위해 그들이 움직이는 내내 여기 연무장에만 계셨으니까요."

남윤에 대답에 천지광은 별다른 의심을 가지지 않았다.

그건 천무진이 자신의 명령이라면 따를 수밖에 없다는 걸 알기에 가질 수 있는 확신이었다.

천지광이 천무진이 있는 연무장 쪽을 바라보더니 이내 말했다.

"계속 보고 있다가 무슨 일이 있으면 연락하도록 해."

"알겠습니다. 그런데 목표하신 바는 이루셨습니까?"

"다행히도. 표적인 둘을 제거하는 건 성공했는데 좀 귀찮게 되었다."

"귀찮게 되었다 하시면……."

"반조와 매유검이 죽었거든."

"예? 그 두 사람이 말입니까?"

남윤이 놀란 듯 눈을 치켜떴다. 그러자 천지광이 고개를 끄덕이며 말을 받았다.

"너에게 이런 이야기를 해 주는 이유는 천무진이 내가 벌인 일에 대해 끝까지 모르도록 하기 위함이다. 반조와 매유검이 죽은 일 또한 천무진이 알지 못하도록 네가 각별히 신경을 쓰도록 해라. 의심을 할지도 모르니."

"그리하지요."

"그럼 계속 감시하면서 뭔가 보고할 것이 있으면 연락 주도록 해라."

말을 끝마친 천지광은 곧장 자신의 거처를 향해 움직였다. 비록 장포로 얼굴을 가리고 있긴 하지만 그는 이 상태가 된 이후부터 바깥에 나서는 걸 그리 좋아하지 않았다.

그렇게 천지광이 사라지자 남윤은 곧장 연무장으로 돌아갔다.

남윤이 문을 열고 안으로 들어섰고, 그의 기척에 눈을 감은 채로 운기조식을 하는 흉내를 내고 있던 천무진이 눈을 떴다.

천무진이 자리에서 일어나며 물었다.

"영감, 어떻게 됐어?"

그의 질문에 남윤이 픽 웃으며 고개를 끄덕였다.

"작은 주인님의 계획이 완벽히 먹힌 듯합니다."

"그래? 다행이네."

자모충의 조종에서 벗어난 천무진이 내린 선택은 실로 놀랍기 그지없었다. 그는 자신의 발로 직접 이곳 십천야의 비밀 거점으로 돌아오는 걸 선택했다.

물론 이 모든 건 이유가 있어서였다.

오랜 시간 십천야와 싸워 왔다. 그러면서 알게 된 건 이들의 힘이 어마어마하다는 거다.

이곳 비밀 거점에만 해도 꽤나 많은 숫자의 무인들이 대기하고 있다. 그냥 무작정 치고 들어오기에는 부담스러울 정도로 말이다.

허나 그것만이 문제였다면 지금처럼 스스로 돌아와 천지광을 유인해서 승부를 볼 수도 있었다.

그렇지만 천무진이 원하는 건 그뿐만이 아니었다.

자유로워진 천무진은 자신의 복수만이 아닌 천룡성의 주

인으로서 해야 할 일 또한 매듭짓고자 정한 것이었다.

십천야의 숨겨진 엄청난 힘.

그들의 수뇌부는 이미 모두 파악하고 있다.

천지광과 나머지 십천야인 자운과 주란.

하지만…… 그들이 죽는다고 해서 십천야가 끝이 날까?

물론 십천야라는 이름 자체는 사라질 수 있다.

허나 그건 근본적인 문제의 해결이 될 수 없었다. 십천야는 무림맹과 마교 모두를 집어삼키려 했다. 그만큼 무림의 중요한 위치 곳곳에 이미 십천야의 사람들이 자리하고 있다는 거다.

이번에 백아린과 한천을 죽이기 위해 나섰던 우내이십일성 두 사람만 해도 그렇다.

그 정도의 거물들조차도 십천야의 휘하에서 움직이고 있었다.

그리고 그건 그 둘만이 아닐 게 분명했다.

십천야의 축이 되어 주었을 또 다른 곳곳의 수뇌부들. 그들을 파악해 내고, 최대한 그 뿌리를 뽑아내는 것은 무림을 지켜 온 천룡성의 주인으로서 행해야 할 책임이었다.

천무진은 그 모든 일을 완벽하게 끝내기 위해 이렇게 아직까지 자모충에 휘둘리는 척하며 비밀 거점에 남아 있는 것이었다.

그리고 자신의 상황을 오히려 역이용하여 천지광이 빠져나가지 못할 함정도 준비하고 있었다.

이번 일을 완벽하게 매듭짓는 건 천무진 혼자만의 힘으론 불가능했다.

그간 쌓아 왔던 관계.

그리고 그걸로 인해 얻게 된 신뢰를 바탕으로 천무진은 엄청난 병력을 움직이게 될 것이다.

천무진이 팔짱을 낀 채로 나지막이 중얼거렸다.

"슬슬 연락을 보냈으려나."

백아린을 통해 움직이려고 하는 세력.

그건 바로…… 무림맹과 마교였다.

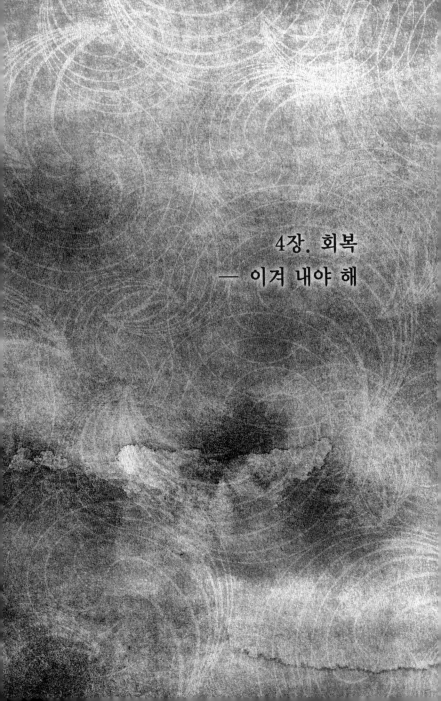

4장. 회복
— 이겨 내야 해

마교 소교주 악준기는 자신의 방에 홀로 앉은 채 양손으로 이마를 감싸 안고 있었다.

그의 얼굴엔 짙은 수심이 가득했다.

"하아."

나오는 건 한숨뿐이었고, 고민은 깊어져만 갔다.

천무진 덕분에 마교에 숨겨져 있던 십천야의 핵심 세력 일부를 뿌리 뽑았다. 그로 인해 다소 상황이 나아지긴 했었지만…… 시간이 지나면서 사태는 점점 나빠지고 있었다.

교주와 소교주 파로 양분된 현재의 마교.

이 모든 일은 십천야가 흑주염을 통해 만든 몽혼약으로

교주인 악자헌을 중독시키면서 벌어졌다.

그전까지만 해도 둘은 무척이나 사이좋은 부자지간이었으니까.

십천야에 포섭당한 이들이 계속해서 두 세력을 서로 이간질시켜 왔고, 그건 그들 중 상당수가 사라졌다 해도 쉽게 해결될 문제가 아니었다.

이제는 설령 십천야가 모두 사라졌다 한들 교주파와 소교주파의 문제가 되었기에 이들 사이에 생긴 깊은 고랑은 쉬이 메워지지 않을 게 뻔했다.

그러던 두 세력 간의 관계는 최근 들어 더욱 안 좋게 흘러가고 있었다.

그 이유는 악자헌이 쓰러졌기 때문이다.

흑주염으로 인해 원래부터 상태가 좋지 않던 그가 신분을 위장한 천운백이 가져다준 해독약을 주기적으로 복용하다 최근 한 달 가까이 깨어나지 못하고 있었다.

상황이 이렇게 되자 교주 쪽의 사람들은 어떻게든 이 위기를 타파하기 위해 더욱 혈안이 되어 있었다. 그리고 반대로 소교주 쪽 세력들은 이걸 기회 삼아 확실하게 상대를 짓누르고자 했다.

그로 인해 마교 내부에서는 다툼이 잦아진 걸 넘어서 피를 부르는 혈투까지 벌어지곤 했으니 현재 모든 책임을 도맡고 있는 악준기로서는 괴로울 수밖에 없었다.

한참을 그렇게 최근 벌어지는 이 일련의 모든 일들을 어찌 해결해야 하나 고민하던 중, 수하 한 명이 찾아왔다.

"소교주님, 시간 되셨습니다."

자신을 향한 말에 악준기는 입술을 깨문 채로 자리에서 일어났다.

내키지는 않지만 악준기는 매일매일 정해진 시간에 악자헌을 찾아가곤 했다.

둘의 관계가 어떻든지 간에 악자헌은 그의 아버지이자 마교의 교주였고, 아픈 상태인 그를 찾아가는 건 악준기로서는 반드시 해야만 하는 하루 일과였던 것이다.

그렇게 악준기는 수하들을 대동한 채로 곧장 교주전으로 향했다.

그리고 이내 그들은 교주전에 도착할 수 있었다.

악준기가 도착하자 교주전을 지키고 있는 무인들이 다가왔다.

"소교주님을 뵙습니다."

부복한 그들은 양손을 앞으로 내밀었고, 그것이 의미하는 바가 무엇인지 알기에 악준기는 익숙하게 허리춤에 차고 있던 검을 풀었다.

이곳은 교주전이기에 함부로 무기를 착용한 채로 들어설

수 없었다.

그건 소교주인 악준기라 해도 다르지 않았다.

몸에 있는 모든 무기를 꺼내어 상대에게 건넨 후에서야 교주전을 지키고 있던 무인들이 옆으로 비켜섰다.

악준기는 뒤편으로 고개를 돌려 수하들을 향해 짧게 말했다.

"금방 돌아올 테니 대기들 하고 있어."

"예, 소교주님."

원래부터 허락받은 이들만 드나들 수 있는 교주전은 최근 악자헌의 상태가 나빠지며 그 절차가 더욱 복잡해졌다.

그랬기에 교주전 내부까지 들어갈 수 있는 건 매번 악준기 혼자뿐이었다.

교주전으로 들어선 악준기는 익숙한 길을 따라 움직였다.

그리고 이내 도착한 장소는 교주인 악자헌이 오랫동안 누워 있는 그의 방이었다.

말이 방이지 그곳은 교주라는 직위에 맞게 꽤나 커다래서, 방이라기보단 대전에 가까웠다. 그곳에 들어선 악준기가 막 걸음을 옮기던 도중이었다.

그가 갑자기 걸음을 멈췄다.

악준기가 교주인 악자헌이 누워 있는 침상을 바라본 채

로 입을 열었다.

"이게 무슨 짓이지."

악준기의 그 말이 떨어지는 순간 어둠 속에서 여섯 명에 달하는 무인들이 천천히 걸어 나왔다. 악준기는 자신의 뒤편과 옆에서 모습을 드러낸 상대들을 향해 슬쩍 고개를 돌렸다.

악자헌은 이들 여섯 모두를 알고 있었다.

교주파의 인물들로, 오랜 시간 악준기와 척진 상태로 지내 온 관계다. 그들 중 가장 나이가 많은 노인이자 이들의 실질적인 대장 역할을 맡고 있는 좌도십천 유문풍이 입을 열었다.

"죄송합니다, 소교주님."

굳이 모든 걸 말하지 않아도 악준기는 자신의 뒤를 잡은 이들의 목적을 알 수 있었다.

이유는 하나밖에 없었으니까.

자신의 목숨을 노리고 이처럼 함정을 파 놓고 준비한 것이 분명했다. 그들이 자신을 눈엣가시처럼 여긴다는 건 알지만 설마 이런 식으로 소교주인 자신을 직접 노릴 거라고는 생각하지 못했다.

악준기가 자신을 죽이기 위해 나타난 그 여섯을 향해 입을 열었다.

"이런 어리석은 선택을 할 이들은 아니라고 생각했는데……."

"드릴 말씀이 없습니다. 하지만 소교주님이 죽지 않으시면 저희가 죽게 될 상황입니다. 그렇게 죽을 바에는…… 차라리 소교주님을 죽이고 살 방도를 찾아보고자 합니다."

말을 내뱉은 유문풍이 슬며시 검을 들어 올렸다.

이들 여섯 모두가 마교에서 알아주는 뛰어난 실력의 고수들이었다. 거기다가 교주전에 들어서며 지니고 있던 무기마저 빼앗긴 악준기다.

상황이 좋지 않았다.

"후우."

짧은 한숨과 함께 악준기는 주먹을 들어 올렸다.

쉬운 싸움은 아니겠지만 그렇다고 이런 함정에 빠져 얌전히 죽어 줄 생각도 없었다.

이를 악문 채로 악준기가 막 움직이려는 찰나였다.

"쿨럭."

갑작스레 들려온 기침 소리에 악준기도, 그를 죽이기 위해 자리를 마련한 여섯 명의 무인들도 멈칫할 수밖에 없었다.

소리가 난 장소는 다름 아닌 오랫동안 혼수상태에 빠져 있던 교주 악자헌의 침상이었다.

그들이 놀란 눈으로 그곳을 바라보는 바로 그때였다.

침상에 누워만 있던 악자헌이 천천히 상체를 일으켜 세웠다. 고개를 숙인 채로 힘겹게 일어선 그가 이내 손을 뻗어 침상의 기둥을 손으로 짚었다.

그 상태로 악자헌이 입을 열었다.

"손대지 말거라."

말을 내뱉은 악자헌이 비틀거리면서 어렵게 침상 바깥으로 발을 내디뎠다.

갑자기 깨어난 악자헌을 보며 잠시 놀라긴 했지만 이내 악준기는 무심한 표정을 지어 보였다. 그리고 싸우기 위해 뿜어내던 투기 또한 거두지 않았다.

지금은 교주인 악자헌의 입장에서도 자신을 죽일 수 있는 절호의 기회일 것이기 때문이다.

그런데…….

스윽.

힘겹게 고개를 치켜든 악자헌의 눈동자를 마주하는 순간 악준기의 차갑던 눈빛이 흔들렸다.

그 눈빛에서…… 오래전 사라졌던 따스함이 느껴졌으니까.

너무도 놀란 악준기가 자신도 모르게 살기를 거두는 바로 그 순간이었다.

악자헌이 목소리에 힘을 주어 말했다.

"……내 소중한 아들이다."

그 한마디에 악준기의 눈에서 수년간 참아 왔던 눈물이 쏟아져 내렸다.

*　　　*　　　*

"끄아아아악!"

침상에 누운 그가 몸부림쳤다.

이미 사지는 결박당해 있었고, 그로 인해 몸을 움직일 수 없는 상태임에도 불구하고 한천은 이리저리 마구 몸을 꺾으며 비명을 질러 댔다.

엄청난 고통이 밀려들며 그의 오른손을 아예 조각조각을 내는 듯한 느낌이었다.

무려 반 시진이다.

그 시간 동안 한천은 고통에 몸부림치며 비명을 질러 대고 있었다. 그리고 그런 그를 치료하기 위해 옆에 자리하고 있는 의선은 지금도 분주히 움직이는 중이었다.

준비해 둔 약재를 서둘러 입에 넣었고, 혈도에 침을 놓으며 기의 흐름을 도왔다.

한천의 얼굴은 이미 붉어질 대로 붉어져 있었고, 온몸은 식은땀으로 범벅이었다.

귀명신단을 먹은 대가로 그 이후 찾아든 지독한 고통과 싸우고 있는 한천이었다.

괴로움과 싸우고 있는 한천을 보며 의선 또한 이를 악물었다.

'조금만 버티게!'

처음 오른손을 다쳐 못 쓰게 되었던 당시 한천의 옆에는 아무도 없었다. 그랬기에 오른손이 완전히 망가져 버렸지만, 지금은 아니었다.

한천의 옆에는 의선이라 불리는 최고의 명의가 있었다.

겉보기에는 무척이나 엉망인 상태였지만, 의선은 가능성을 보고 있었다. 그건 한천이 생각보다 무리를 하지 않은 덕분이었다.

귀명신단을 먹고 그 힘이 다할 때까지 싸웠다면 아마도 지금보다 훨씬 더 큰 고통이 반작용처럼 밀려들었을 게다.

그리고 오른손은 더욱 치명적인 부상을 입었을 테고. 그렇게 되었다면 어쩌면 의선이 있었다고 해도 한천의 상태를 회복시키지 못했을지도 모른다.

하지만 다행히도 한천이 모든 힘을 다하기 전에 단엽이 나타나 줬고, 그 이후부터는 계속해서 손에 무리를 하지 않고 쉰 덕분에 지금 이 정도로 끝날 수 있었던 것이다.

의선은 준비해 두었던 마지막 약재를 한천의 입안에 억지로 쑤셔 넣었다.

그리고 이내…….

투욱.

고통에 몸부림치던 한천이 손을 툭 떨어트리며 혼절했다. 그리고 그런 그의 손을 꼭 쥔 채로 의선이 간절히 중얼거렸다.

"이겨 내야 해. 그래야만 자네가 살아."

지독한 고통 속에 혼절한 한천.

모든 약재들을 먹였고, 할 수 있는 최선의 치료들을 해 줬다. 이제 이걸 이겨 내고 말고는 의선이 아닌 한천 본인 스스로가 해내야 할 일이었다.

＊　　＊　　＊

세상이 온통 어두웠다.

한천은 쉽사리 눈꺼풀을 들지 못했다.

무척이나 피곤했고, 정신이 멍했다. 마치 쇠망치로 맞은 듯이 머리가 지끈거렸다.

바로 그때였다.

"도착했습니다, 대장군."

그 목소리를 듣는 순간 한천이 번쩍 눈을 떴다. 그러고는 이내 주변을 두리번거렸다.

그런 한천을 향해 옆에 있던 사내가 물었다.

"왜 그러십니까? 뭐 불편하신 거라도 있으십니까?"

물어 오는 질문에 한천은 목소리의 주인공을 향해 고개를 돌렸다.

그곳에 자리한 이는 한천도 잘 아는 이었다.

대장군부 소속의 무인, 임무열(林武悅)이었다.

임무열은 한천의 최측근으로 꽤나 오랜 시간을 함께해 온 인물이었다. 나이는 한천보다도 열 살가량 많은 중년의 사내였는데 인상은 평범했지만, 항상 웃고 다니는 자였다.

임무열을 발견한 한천은 잠시 그를 물끄러미 바라봤다.

그런 한천의 시선을 느껴서일까?

임무열이 본인의 얼굴을 어루만지며 어색하게 웃었다.

"제 얼굴에 뭐 묻은 거라도 있습니까?"

"아니, 잠깐 멍했을 뿐이다."

한천의 입에서 나온 말은 평소의 그답지 않게 싸늘하면서도 딱딱했다.

한천을 향해 임무열이 히죽거리며 말을 이었다.

"평소답지 않으시군요."

"평소다운 게 뭐지?"

"그거야…… 아, 저녁은 뭐가 좋으시겠습니까?"

"쯧."

대답을 못 하며 스리슬쩍 말을 돌리는 그를 향해 한천이 불만스럽다는 듯 가볍게 혀를 찼다.

그러고는 이내 더 길게 이야기하고 싶지 않았는지 한천은 곧장 마차 문을 열고 바깥으로 내려섰다.

바깥의 공기는 어느덧 싸늘했다.

옆에 선 임무열이 입을 열었다.

"또 겨울이 오려나 봅니다."

"겨울이라……."

"맘에 안 드시는 것 같은 목소리십니다. 겨울이 오는 게 싫으신 겁니까?"

"좋을 일이 있겠느냐. 가난한 백성들에게 겨울은 너무도 잔혹하니까."

한천의 말에 옆에서 웃고 있던 임무열이 움찔했다.

그러고는 이내 의미심장한 표정으로 고개를 끄덕이며 답했다.

"역시 대장군님이십니다. 대장군께서 이런 멋진 사내시라는 걸 사람들이 알아야 할 터인데……."

"실없는 소린 됐다, 가지."

말을 툭 자르며 한천이 걸음을 옮겼다.

두 사람은 곧장 옆에 자리한 건물로 들어섰다. 고관대작의 거처로 보이는 곳에 들어선 두 사람은 익숙하게 어딘가로 향했다.

그리고 낯익은 장소에 도착한 한천이 침상에 턱 하니 걸터앉았다.

"후우."

오늘은 이상할 정도로 몸이 좋지 않았다.

'많이 지친 모양이군.'

최근 들어 일이 많아졌고, 그로 인해 몸이 두 개여도 모자랄 정도로 바삐 움직여야만 했다.

지끈거리는 머리 때문에 이마를 손으로 짚기 위해 움직이던 한천이 움찔했다.

얼굴에 딱딱한 무엇인가가 자리하고 있었던 탓이다.

그걸 느낀 순간 한천은 슬쩍 옆으로 고개를 돌렸다.

그리고 그곳에는 커다란 거울이 하나 자리하고 있었다.

그리고 그 거울에는…… 새카만 가면을 쓴 한 사내가 자신을 바라보고 있었다.

가면의 사내.

그리고 세상 사람들은 이 사내를 대장군 조휘라 불렀다.

＊　　＊　　＊

대장군 조휘.

사람들은 그런 그를 황제의 검이자, 최고의 충신이라 칭했다.

허나 진짜 속사정을 아는 이들은 조휘를 이리 불렀다.

더러운 시궁창의 개.

황궁에는 아귀견(餓鬼犬)이라는 자들이 존재했다.

그들은 황제를 위한 특수 부대와도 같았다. 모두가 음지에서 활동하기에 얼굴이 알려지지 않았고, 그 대부분이 임무를 수행하다 죽는다.

조휘 또한 이 아귀견 출신이었다.

어릴 때 황궁으로 끌려와 지독한 훈련을 견뎌 낸 후 정식으로 아귀견으로 임명됐다. 그리고 그 후부터는 음지에서 활동했고, 어떠한 일을 계기로 두각을 드러낸 이후부터는 얼굴을 가리기 위해 검은 가면을 쓰고 움직여야 했다.

그의 얼굴을 아는 이는 오로지 황제 하나여야만 했으니까.

그렇게 두각을 드러내 음지에서 양지로 나온 이후 조휘는 숱한 전장을 떠돌아다녔다. 사실 대부분이 그가 그리 오래 버틸 거라 생각지 못했다.

허나 놀랍게도 그는 뛰어난 무공으로 중요한 전투 대부분을 승리로 이끌었고, 덕분에 수하들의 두터운 신망까지 얻었다.

그 모든 걸 갖춘 그는 결국 황제의 검이라 불리는 대장군의 자리에 오르게 되었다.

뛰어난 실력과 업적으로 대장군의 자리에 오르긴 했지만 조휘는 아무런 배경도 없었다. 아니, 오히려 높은 위치에 있는 이들이라면 깔볼 만한 비천한 신분이라고 봐야 옳았다.

비밀부대 아귀견은 사실 더러운 뒤처리를 위해 만들어진 단체.

그런 아귀견 중 하나가 대장군의 위치까지 올랐으니 그걸 고깝게 여기는 이들 또한 분명 많았다.

그 대표적인 인물이 바로 승상 안균이었다.

허나 안균은 조휘를 건드리지 않았다.

알고 있었으니까.

황제에게 조휘는 결코 중요한 사람이 아니었다.

황제가 그를 중용하는 이유는 그가 이용하다가 버리기 좋은 자이기 때문이었다. 그걸 알기에 조휘를 못마땅해하면서도 한편으로는 그가 있어야 모든 것이 편해진다는 것 또한 알고 있었다.

해야만 하는 일이지만, 그것이 알려지게 된다면 손가락질 받게 되는 일들이 있다. 누군가는 그 모든 걸 껴안고 절벽 아래로 떨어지는 역할을 맡아야 했고, 당연히 그런 임무를 하는 자의 직책은 높을수록 좋았다.

천한 출신에 그리 많지 않은 나이.

그런 자를 대장군의 자리에 올린 이유는 오로지 이것뿐이었다.

자신들이 지은 모든 죄를 떠안고 죽는 역할을 맡기기 위해.

그리고 예정보다 빠르게…… 그때가 오고야 말았다.

휘황찬란한 대전에는 단 두 사람이 자리하고 있었다.

황제와 승상 안균.

안균이 건넨 보고서를 받아 든 황제의 표정이 묘했다. 턱을 쓰다듬는 그의 얼굴에 불쾌감이 치밀어 오르고 있었다.

황제가 나지막이 입을 열었다.

"대장군의 인기가 하늘을 찌르는군. 이러다가 짐의 자리까지 위협하겠어."

농담처럼 던진 말이긴 했지만, 그 안에 담긴 가시가 느껴졌다. 황제의 말에 안균이 서둘러 답했다.

"그럴 일이 있을 리가 없지요. 모든 백성들이 우러러보는 황제 폐하가 아니십니까."

안균의 말에도 황제의 표정은 전혀 풀리지 않았다.

이미 군부의 절반가량이 자신보다 대장군인 조휘를 더욱 믿고 따르고 있다.

하찮은 아귀견 출신이 황제인 자신과 비교가 된다는 사실 자체가 불쾌했고, 기분이 나빴다.

결국 황제가 결단을 내렸다.

"아무래도…… 슬슬 대장군을 바꿔야 할 때가 온 듯하군."

그의 말에 안균이 놀란 듯 답했다.

"하오나 황제 폐하 아직 하시던 일이 마무리되지 않았습니다."

처음부터 조휘는 황제나 황실에서 벌어진 수많은 악행들을 뒤집어쓰고 죽어야 할 운명이었다. 그런 연유로 대장군이 된 그이거늘 아직 그의 쓰임새는 다하지 않은 상태였다.

그랬기에 조금 더 두고 보는 것이 어떠냐고 제안했지만……

"짐이 왜 그 녀석이 평생 가면을 벗지 못하게 했을 것 같은가?"

황제가 빙긋 웃더니 이내 의미심장한 목소리로 말을 이었다.

"그건 조휘의 얼굴을 누구도 알지 못하게 하기 위해서였지. 그리고 그 말은…… 그 가면을 쓰기만 한다면, 누가 된다 한들 다른 이들은 알지 못할 거라는 의미고."

"설마 다른 자로 바꿔치기라도 하시겠다는 말씀이십니까?"

"역시 승상은 이해력이 빨라서 좋군."

어차피 허울뿐인 대장군으로 세워 놓으려 했다.

다만 조휘의 능력이 워낙 출중했기에 이렇게까지 상황이 오게 됐지만…… 새롭게 뽑을 이는 그저 허수아비처럼 그곳에 자리만 지키고 있게 만들 작정이었다.

어차피 모든 오물을 덮어쓰고 죽어 주기만 하면 되는 자이기에 능력 따위는 그리 중요치 않았다.

황제가 명했다.

"조휘와 비슷한 덩치와 목소리를 지닌 놈을 구해 놓도록."

"예, 황제 폐하."

황제의 의중을 알았으니 안균 또한 더는 망설이지 않았다. 예전부터 마음에 들지 않았던 조휘다.

조휘를 대신한 다른 누군가를 세운다는 사실이 안균 또한 나쁘지 않았다.

그렇게 막 예를 갖추고 대전을 나서기 위해 옆으로 물러나는 그때였다.

황제가 입을 열었다.

"아 참, 그리고 승상."

"하명하시지요."

고개를 조아리는 안균을 내려다보던 황제가 자리에서 벌떡 일어났다.

그러고는 이내 그가 말했다.

"금의위(錦衣衛)를 준비시켜."

금의위.

황제의 명령만을 따르는 황궁 최고의 무력단체.

그들이 움직이고 있었다.

무려 이백 명에 가까운 숫자가 투입된 이번 작전은 놀랍게도 단 한 명을 죽이기 위한 것이었다.

피 칠갑을 한 두 명의 사내가 어두운 산길을 달리고 있었다.

아니, 정확히 말하자면 한 명은 달린다기보다는 거의 질질 끌려가고 있다고 봐야 옳았다.

한쪽 어깨로 힘겹게 상대를 부축한 채 달리고 있는 이는 바로 검은 가면을 쓴 사내, 조휘였다. 그리고 그의 부축을 받고 있는 건 언제나 함께하는 측근인 임무열이었다.

항상 웃고 여유 넘치던 임무열의 얼굴엔 고통만이 가득했다.

다리에는 큰 부상을 입었고, 그 외에도 전신이 상처로 가득했다. 수많은 검에 찔리고 베이면서 그의 몸 상태는 엉망이었다.

그리고 그런 임무열을 데리고 도망치는 조휘의 상태 또한 좋지 못했다.

오른팔은 심각한 부상으로 피투성이였고, 몸 이곳저곳에 치명상에 가까운 타격을 입은 상태였다.

부축을 받으며 힘겹게 움직이고 있던 임무열이 간신히 입을 열었다.

"하아, 하아. 대장군…… 전 버리고 가십시오."

"멍청한 소리! 난 부하를 버리지 않는다."

일말의 망설임도 없이 돌아오는 조휘의 외침에 임무열은 이 상황에도 잠시나마 고통을 지우고 히죽 웃음을 흘렸다.

실로 대단한 사내다.

죽어 가는 순간에도 자신을 버리지 않고 이곳까지 달렸다. 벌써 이틀을 금의위에게 쫓기며 그들과 싸워 가며 말이다.

그 시간 동안 자신의 부상은 점점 심해졌고, 그건 조휘 또한 마찬가지였다.

조휘는 움직이기도 힘들 정도의 부상을 입은 임무열을 버리지 않았다. 계속해서 그를 데리고 도망치며 조휘는 목숨을 걸고 싸웠다.

그렇지만 임무열은 알 수 있었다.

버틸 수 있는 시간이 그리 많이 남지 않았다는 걸.

"조휘이이이!"

누군가의 외마디 고함 소리와 함께 여섯 명의 금의위들이 날아올랐다.

그들은 빠져나가려는 길목을 막아선 채로 두 사람을 향해 검을 겨눴다.

여섯 사내들 중 하나가 앞으로 나서서 입을 열었다.

"사람들이 조휘, 조휘 떠드는 이유가 무엇인가 했거늘…… 과연 대단하구나. 금의위 정예 백 명을 베고 이곳까지 빠져나올 줄이야."

사내의 입에서 터져 나온 목소리에서는 짙은 감탄이 느껴졌다.

적이지만 인정할 수밖에 없는 사내.

그것이 바로 조휘였다.

자신의 앞을 막아선 여섯 명의 사내를 바라보며 조휘가 부축하고 있던 임무열을 옆으로 내려놓았다.

그러고는 거의 박살이 나다시피 망가진 오른손으로 힘겹

게 검을 쥔 채로 답했다.

"어쩌지? 이제 그 사망 명단에 너희 여섯도 넣어야 할 것 같은데."

도발에 가까운 언사.

여섯 명의 금의위가 조휘를 덮치고 들어왔다.

"쿨럭."

기침을 하는 조휘의 입에서 검붉은 피가 터져 나왔다. 금의위 여섯 명의 공격을 홀로 받으며 조휘의 상태는 더욱 나빠졌다.

그들 모두를 베어 넘겼지만, 그 대가는 참혹했다.

배와 등에 커다란 부상을 하나씩 더 입었고, 잔부상들 또한 이곳저곳에 생겨났다. 거기다가 엉망이 되어 있던 오른손은 이제 검을 쥐기도 힘들었다.

뼈가 모두 부서졌는지 엉망으로 덜렁거리는 손.

조휘는 자신의 오른팔을 움켜쥔 채로 고통 어린 신음 소리를 토해 냈다.

"끄으윽."

그렇게 고통에 몸부림치면서 힘겹게 이동하던 조휘와 임무열.

그런데…… 얄궂게도 그 두 사람의 눈앞에 나타난 것은

절벽이었다.

혹시나 하는 마음에 절벽 끝까지 다가가 봤지만, 이곳은 꽤나 높이가 높았다. 절벽 아래에 흐르는 물줄기는 거셌고, 지금 몸 상태로는 이곳을 내려가는 것도 불가능했다.

더는 퇴로가 없는 그곳에 도착하는 순간 두 사람은 힘이 풀린 듯 주저앉았다.

여기까지 어떻게 도망쳐 오긴 했지만 이제 더는 버틸 재간이 남아 있지 않았다.

바닥에 주저앉은 조휘가 힘겹게 입을 열었다.

"넌 도망치거라. 어차피 노리는 건 나 하나 아니더냐."

"부하도 대장을 버리지 않습니다."

자신이 했던 말을 그대로 되돌려주면서 웃고 있는 임무열의 모습에 검은 가면 속의 조휘 또한 픽 하고 실소를 흘렸다.

임무열은 그런 조휘를 물끄러미 바라봤다.

실로 오랜 시간을 함께했다.

전장을 함께 달렸고, 황궁으로 돌아와 점점 높은 자리에 오르는 그의 옆을 계속해서 지켜 왔다.

그런데 단 한 번도 보지 못했다.

이 가면 속 상관의 진짜 얼굴을.

임무열이 입을 열었다.

"대장군, 그거 아십니까? 제가 대장군 얼굴을 단 한 번도 보지 못했다는 걸."

"알고 있다. 자신을 제외한 누구에게도 내 얼굴을 드러내지 말라는 황제의 명령이 있었으니까."

황제의 명이기에 따랐다.

하지만 이제 생각하니 실로 억울했다.

십수 년간 단 한 번도 따스한 햇볕 아래를 자신의 얼굴로 걸어 본 적이 없었다.

언제나 이 검은 가면 뒤에 자신을 가렸고, 또 감정 또한 감췄다.

그렇게 살아온 인생…… 그런데 그 충성의 대가가 바로 지금이었다.

그때 임무열이 말했다.

"죽기 전에 대장군의 얼굴을 한 번 볼 수 있겠습니까?"

물어 오는 질문에 조휘는 잠시 멈칫했다.

하지만 이내 그가 천천히 손을 뒤로 뻗어 가면을 고정시켜 놓은 끈들을 풀었다. 그리고 가면의 앞부분을 움켜쥔 조휘가 천천히 그것을 얼굴에서 뗐다.

그렇게 드러난 조휘의 얼굴.

조휘의 얼굴을 처음으로 마주한 임무열의 눈동자에 놀란 감정이 스쳐 지나갔다.

가면 뒤의 얼굴을 종종 생각해 봤던 임무열이다.

그런데 드러난 조휘의 얼굴은 생각했던 것보다 훨씬 더 곱상했고, 부드러운 인상이었다.

임무열이 입을 열었다.

"뭐야…… 우리 대장이 이리도 미남이셨습니까?"

그의 말에 조휘가 피투성이의 얼굴로 슬며시 미소를 지었다. 그 미소를 보며 임무열은 고개를 절레절레 저었다.

"하아, 억울하군요. 이리도 미남인 줄 알았다면 주변에 자랑이라도 잔뜩 하고 다니는 건데……."

그 말과 함께 임무열이 갑자기 손을 뻗었다.

그의 손이 조휘가 쥐고 있는 검은 가면으로 향했다. 그런 임무열의 움직임에 조휘가 잠시 아무 반응 없이 시선만 주는 그때였다.

임무열은 조휘가 쥐고 있던 검은 가면을 조용히 뺏어 들었다.

그가 입을 열었다.

"대장군."

"왜?"

"꼭 살아남으셔야 합니다."

"이 상황에서 갑자기 무슨……."

"죄송합니다, 대장군."

그 말이 끝이었다. 임무열은 힘겹게 앉아 있던 조휘를 갑자기 힘껏 뒤로 밀쳤다.

긴 싸움에 이미 자신의 몸 하나 지탱하기 힘든 상태가 되어 있던 조휘였다. 조휘는 임무열의 어깨에 떠밀려 그대로 절벽 아래로 밀려 나갔다.

놀란 듯 조휘가 서둘러 손을 움직여 뭔가를 움켜잡으려 했지만, 허공으로 떨어져 내리는 상황에서 그게 가능할 리가 없었다.

순식간에 조휘가 아래로 떨어져 내렸고, 아주 찰나지만 두 사람의 시선이 마주쳤다.

조휘의 눈동자는 흔들리고 있었다.

놀란 듯했고…… 아주 슬퍼 보였다.

그렇게 떨어져 내리는 조휘를 바라보던 임무열이 지그시 입술을 깨물었다.

살아야 했다.

조휘 저 사내는 이렇게 죽어선 안 되는 사람이었다.

'어차피 대장군이 없었다면 저도 죽었을 목숨입니다. 절대 미안해하지 마십시오.'

말과 함께 임무열은 자신의 손을 천천히 얼굴에 가져다 댔다. 그의 손바닥에서 뜨거운 기운이 피어올랐다.

치치치칙!

"으으읏!"

얼굴이 타들어 가는 소리와 함께 그는 곧 원래의 형상을 알아보기 힘든 몰골이 되어 버렸다.

그렇지만 상관없었다.

엉망이 된 얼굴에 임무열은 쥐고 있던 조휘의 검은 가면을 천천히 가져다 댔다.

꾸욱.

그렇게 마지막으로 가면의 고정까지 끝내는 순간.

슈슈슈슉!

날아든 그림자들이 자신의 맞은편에 착지했다.

조휘를 죽이기 위해 움직인 금의위의 무인들이었다.

임무열은 천천히 자리에서 일어났다.

혹시 모를 상황을 대비하여 스스로 얼굴을 망가트린 임무열이다. 어차피 조휘의 얼굴을 아는 것이 정말로 황제뿐이라면, 자신이 그를 대신하는 건 이 정도로도 충분할 테니까.

임무열이 소리쳤다.

"나 대장군 조휘! 네깟 놈들에게 쉬이 죽어 주지 않겠다!"

악에 받친 듯 내뱉는 외침.

그 외침이 끝나기 무섭게 날아든 수십여 개의 검이 임무열의 몸에 쑤셔 박혔다.

동시에 임무열은 몸 안에 있는 기운을 끌어 올렸다.

화아아악!

몸에 불꽃이 피어오르며 그의 몸을 화마가 뒤덮었다.

검을 쑤셔 넣었던 금의위들이 순간적으로 물러났고, 그 상태로 임무열의 몸이 바닥으로 쓰러졌다.

얼굴만 지져져 있다면 의심할지도 모른다 생각하여 스스로 몸까지 이렇게 엉망으로 만들어야겠다 마음먹은 임무열이다.

불꽃에 휩싸인 채로 바닥에 쓰러진 임무열이 힘겹게 손을 뻗었다.

'대장군……꼭 살아서…… 행복하게…….'

투욱.

부들거리던 임무열의 손이 떨어져 내렸다.

5장. 은혜
— 한천이라고 불러

　계곡에서 밀려 떨어져 버린 조휘는 그대로 아래에 흐르는 깊은 강물에 휩쓸렸다.

　겨울이 조금씩 끝을 향해 나아갈 때.

　그럼에도 불구하고 조휘가 빠진 물은 뼈까지 시릴 정도로 차디찼다.

　물에 휩쓸려 가던 조휘는 정신을 잃고 말았다.

　금의위와 싸우며 입게 된 부상과 물에 떨어지며 받은 충격으로 인해 잠시 혼절하고야 만 것이다. 연달아 코와 입을 통해 차가운 물이 밀려들어 왔다.

　그 때문에 잠시나마 잃었던 정신이 돌아올 수 있었다.

번쩍!

찰나의 순간 옆에 길게 드리워진 기다란 나무뿌리가 시야에 들어왔다. 반쯤 정신이 나간 상황에서도 조휘는 그나마 멀쩡한 왼쪽 손을 황급히 뻗어 그 나무뿌리를 잡아챘다.

그러고는 이내 남아 있는 안간힘을 모두 쥐어짜 나무뿌리를 움켜쥔 채 자신의 몸을 최대한 위로 끌어 올렸다.

그렇게 간신히 물속에서 빠져나온 조휘는 몇 걸음 정도밖에 안 되는 거리를 힘겹게 기어갔다.

그리고 얼마 안 가 옆에 있던 나무에 몸을 기대어 앉았다.

"허억, 헉."

그의 입에서 거친 숨소리가 터져 나왔다.

온몸이 얼어붙을 정도로 추웠고, 정신 또한 다시 조금씩 흐릿해져 갔다.

힘겹게 앉아 있던 조휘가 입술을 꽉 깨물었다.

'임무열 이 멍청한 자식이…….'

자신의 가면을 빼앗아 제 발로 죽음의 길에 들어선 수하를 떠올리며 조휘는 깊은 슬픔에 빠졌다.

임무열은 자신의 충성스러운 수하였고, 또 유일하게 속을 털어놓았던 지기이기도 했다. 그런 그가 자신을 위해 스스로 목숨을 내놓았다.

언제나 웃고 있던 임무열의 얼굴이 눈앞에 맴돌았다.

그때였다.

"크르르릉."

들려오는 목소리에 조휘의 시선이 그쪽으로 향했다. 순간 어둠 속에서 수십여 쌍의 눈동자들이 모습을 드러내고 있었다.

늑대였다.

추운 겨울.

굶주림에 지친 늑대들에게 조휘는 군침 도는 먹잇감에 불과했다.

"하, 하하하!"

조휘가 실성한 듯 웃음을 토해 냈다.

지독한 전장에서 어떻게든 살아남았다.

악귀처럼 살아남아 결국 대장군이라는 높은 위치에까지 올랐던 자신의 마지막이 이런 인적도 없는 숲에서 산짐승의 먹잇감이 되는 것이라니⋯⋯ 실로 우습지 않은가.

하지만 이내 조휘는 작게 고개를 저었다.

'아니, 이거야말로 나에게 어울리는 죽음일지도 모르겠군.'

대장군이라는 직위를 지녔지만, 얼굴조차 드러내지 못하

고 누구보다 비참한 삶을 살아왔다. 자신을 잃고 그저 황제의 꼭두각시로 살았던, 어쩌면 인간조차 되지 못했던 스스로에게 너무도 어울리는 최후라는 생각이 들었다.

그렇게 생각하자 차라리 이 상황이 그리 나쁘지만은 않았다.

최소한 마지막만큼은 이 굶주린 늑대들에게 있어 인간으로 죽을 수 있을 테니까.

조휘는 천천히 고개를 들어 올렸다.

인간으로 살기 위해 살았던 그 긴 시간들.

그리고…… 그 끝이 온 순간.

정면으로 향한 그의 시선에 자신을 향해 다가오는 무수히 많은 늑대들의 모습이 들어왔다.

그들의 모습을 바라보던 조휘는 놀랍게도 슬며시 미소 지었다.

'오래도 달려왔구나. 이제…… 쉬어도 괜찮겠지.'

힘겹게 버티고 있던 조휘의 눈꺼풀이 소리 없이 무너져 내렸다.

타닥. 타다닥.

귀에 들려오는 소리에 누워 있던 조휘가 움찔했다.

정신을 잃고 있었던 그가 귓가로 들려오는 희미한 소리

에 반응한 것이다. 동시에 그의 몸에 느껴지는 따뜻한 온기까지.

조휘는 이 상황을 이해하기 어려웠다.

'뭐지? 분명 난 죽었을 텐데…….'

늑대들이 자신을 향해 몰려드는 것까지 확인하며 눈을 감았던 조휘다. 그런데 죽기는커녕 점점 신체에 느껴지는 감각들이 있자 당황스러울 수밖에 없었다.

정신이 완전히 돌아온 조휘가 힘겹게 눈을 뜨며 몸을 일으켜 세우려 했다.

그렇지만 몸은 생각처럼 말을 듣지 않았고, 그 대가로 고통이 밀려들었다.

"크윽!"

조휘의 입에서 비명이 터져 나왔다.

아예 박살이 나 버린 오른손에서 엄청난 고통이 밀려들었다.

비명 소리와 함께 눈을 뜬 조휘의 시야에 들어온 건 타오르고 있는 모닥불이었다. 그리고 동굴 내부인지 주변은 꽉막혀 있었다.

그때 뒤쪽에서 인기척이 느껴지더니, 사람의 목소리가들려왔다.

"어? 아저씨 일어났네요?"

아예 혼절했던 탓에 이토록 가까이 누군가가 다가온 사실도 알아차리지 못했던 조휘다. 사람의 목소리에 순간 깜짝 놀랐던 그이지만 그 안에 적의가 담겨 있지 않다는 걸 느꼈기에, 천천히 뒤쪽으로 시선을 돌렸다.

뒤편으로 향한 조휘의 시선.

그곳에는 자신에게 말을 건 자그마한 소녀 한 명이 다가오고 있었다.

소녀는 모닥불이 꺼지지 않게 하기 위함인지, 나뭇가지들을 잔뜩 들고 있었다.

나이는 갓 열 살이 조금 넘은 듯 보였지만, 그럼에도 불구하고 사람의 눈을 잡아 끌 정도로 너무도 귀엽고 예쁘장한 얼굴을 지닌 소녀였다.

그런데…… 그 얼굴엔 생긴 지 얼마 안 된 듯한 상처들이 자리하고 있었다.

어디 얼굴뿐이랴.

옷에 가려지지 않은 손 또한 상황은 비슷했다. 그리고 그 상처가 어떠한 이유로 생긴 것인지 알아차리는 건 조휘에게 그리 어려운 일이 아니었다.

동물의 발톱…… 그중에 늑대에 의한 상처가 분명했다.

그제야 조휘는 알 수 있었다.

저 소녀가 자신을 구했다는 사실을.

그 사실을 깨닫고 조휘는 상당히 놀랄 수밖에 없었다. 보이는 늑대만 해도 수십여 마리 이상은 되어 보였다.

제아무리 무공을 익혔다고 한들 이토록 어린 소녀가 모두 감당해 내기엔 쉽지 않았을 숫자다.

조휘가 힘겹게 입을 열었다.

"네가…… 날 구했느냐?"

"네, 그런데 미치지 않고서야 이런 날씨에 왜 거기 누워 있어요. 늑대 밥이라도 될 생각이었어요?"

어린 소녀의 것으로는 느껴지지 않을 정도로 당돌하면서도 거침없는 말투.

왜 거기 누워 있었냐는 물음에 조휘는 일순 대답할 말을 찾지 못했다. 모두 이야기하자니 너무도 길었고, 그 모든 걸 말해 줄 수도 없었으니까.

머뭇거리던 그가 입을 열었다.

"어쩌다 보니 그리되었구나."

소녀는 조휘를 물끄러미 바라봤다. 그러고는 이내 알겠다는 듯 고개를 끄덕이며 말했다.

"말하기 싫은 모양인데 그럼 그건 됐고, 아저씨 이름은 뭐예요?"

"……."

소녀의 질문에 조휘는 아까보다 더욱 길게 아무런 말도

하지 못했다.

조휘라는 자신의 이름.

대장군까지 올랐던 자신이 자랑스러웠던 적도 있었다. 하지만…… 이제는 아니다.

더군다나 가까스로 살아난 지금 이 이름을 바깥으로 드러내는 것도 위험한 일이었다.

아무런 말도 하지 않는 조휘를 기다리던 소녀가 말을 이었다.

"그것도 말하기 싫어요? 그럼 진짜 이름 말고 아무거라도 말해 줘요. 계속 아저씨라고 부르기는 그렇잖아요."

소녀의 이어지는 말에 조휘는 잠시 생각에 잠겼다가 이내 퍼뜩 뭔가를 떠올렸다.

차가운 물에 빠졌다가 만난 인연.

조휘가 입을 열었다.

"……한천(寒泉), 한천이라고 불러."

조휘의 이름이 한천으로 바뀌는 바로 그 순간.

소녀가 다가와 그가 자리에서 일어날 수 있도록 손을 뻗었다.

그러고는 이내 소녀는 밝은 미소를 머금었다.

"한천이라…… 막 지은 것치고 괜찮네요. 제 이름은 아린이에요. 백아린."

백아린과 한천.

두 사람의 첫 만남이었다.

* * *

기나긴 밤이 지나고 아침이 찾아왔다.

의선은 자리에 누워 있는 한천의 옆을 쉬지 않고 지키고 있었다. 긴 시간이 지나는 동안 한천은 수도 없이 경련을 일으켰다.

혼절을 한 와중에도 고통에 몸부림쳤고, 중간중간 피를 토해 내거나 식은땀을 줄줄 흘리는 증상을 보여 왔다.

거기다가 종종 내뱉는 정체 모를 헛소리까지.

귀명신단의 후유증은 실로 지독했다.

잠시 자리에 앉아 한천의 상태를 살피던 의선은 곧장 뒤쪽으로 움직였다. 그곳에는 한천의 기력을 채우기 위해 준비해 둔 탕약이 담긴 그릇이 있었다.

뜨거운 탕약을 바로 먹일 수 없어 조금 식혔고, 적당해졌다 생각했는지 의선은 그릇을 든 채로 한천에게 다가섰다.

의선이 조심스레 그릇에 담긴 탕약을 한천에게 모두 먹인 직후였다.

그가 그릇을 두기 위해 막 몸을 돌리던 그때.

"……어르신."

들려오는 힘없는 목소리에 의선이 놀란 듯 고개를 돌렸다. 그의 시선이 향한 곳, 그곳에는 작게 눈을 뜬 채로 희미하게 웃고 있는 한천이 있었다.

눈을 뜬 한천을 보는 순간 의선의 눈동자가 커졌다.

"자, 자네!"

가능성이 있다 여겼다.

단엽이 적절한 시기에 등장해 준 덕분에 큰 무리를 하지 않을 수 있었고, 워낙 뛰어난 무인이었기에 희망은 가지고 있었다.

하지만 이렇게 빠른 시간 안에 정신을 차릴 거라고는 생각지도 못했다.

서둘러 옆에 앉아 맥을 짚으며 자신의 몸을 살피는 의선을 향해 한천이 미소를 머금은 채로 중얼거렸다.

"여기가 지옥은 아니겠지요? 그럼 좀 억울할 것 같은데요."

이런 상황에서도 농담을 내뱉는 한천의 모습에 기가 막힌다는 듯 실소를 흘린 의선이 그의 손을 가볍게 움켜쥐었다.

"……잘 돌아왔네."

그런 의선을 바라보던 한천이 물었다.

"그런데 제가 얼마나 혼절해 있던 겁니까?"

"하루네. 정말 놀라운 일이야. 설령 깨어난다고 해도 족히 열흘 이상은 누워 있을 거라 생각했네."

"원래는 조금 더 쉬고도 싶었는데…… 제가 그렇게 오래 누워 있으면 걱정할 사람들이 있거든요."

말과 함께 조금씩 몸을 일으켜 세운 한천이 의선을 향해 입을 열었다.

"의선 어르신, 부탁 하나만 더 드리고 싶은데요."

부탁을 하나 하고 싶다는 한천의 말에 의선은 작게 한숨을 내쉬었다.

그러곤 이내 답했다.

"그거 아는가? 이제는 자네가 뭔가 부탁이 있다고 하면 겁부터 나는 거."

걱정스러운 의선의 대답에 한천이 씩 웃어 보였다.

한천이 정신을 차리고 얼마 되지 않은 무렵.

십천야의 비밀 거점으로 돌아간 천무진을 제외한 나머지 두 사람이 그가 누워 있는 거처로 들어서고 있었다.

침상에 누워 있던 한천이 반갑게 백아린과 단엽을 맞았다.

"오셨습니까?"

히죽 웃어 보이는 한천을 향해 백아린과 단엽이 다소 걱정스러운 시선을 보냈다. 처음 의선이 데리고 갈 때부터 티만 안 냈을 뿐이지 내내 한천의 상태를 걱정했던 두 사람이다.

그 시선을 눈치챈 한천은 괜히 더 호들갑스럽게 입을 열었다.

"왜들 그럽니까? 사람 민망하게."

"몸은 좀 어때?"

백아린의 질문에 한천이 슬쩍 자신을 내려다보며 아무렇지 않게 답했다.

"보시다시피 멀쩡합니다. 뭡니까? 설마 제가 걱정돼서 그런 표정들을 짓고 있는 거였습니까? 그럼 좀 민망한데."

뒷머리를 긁적거리던 한천이 이내 두 눈을 질끈 감더니 어쩔 수 없다는 듯 말을 이었다.

"에잇, 그런 눈빛 받는 게 더 부담스러우니 솔직히 말씀드리죠. 사실 어제 치료받고 금방 나아지긴 했는데 내상을 입기도 해서 이번 기회를 빌려 농땡이 좀 피웠습니다. 이 기회에 못 잤던 잠도 좀 몰아서 잤고요. 안 그렇습니까, 의선 어르신?"

말과 함께 한천이 옆쪽에 서 있는 의선을 향해 슬쩍 시선을 돌렸다.

동시에 고개를 돌린 백아린과 단엽의 시선까지 받으며 의선은 최대한 담담하게 답했다.

"내상이 좀 있긴 하지만 시간이 해결해 줄 터이니 너무 걱정들 안 해도 될 걸세."

사실 한천의 상태는 지금도 좋지 못했다.

다행히 생과 사의 기로에 선 위기에서는 완전히 벗어났지만 입은 내상이 꽤나 깊었기에 회복이 되려면 제법 긴 시간이 필요할 것이다.

최소 몇 달 이상은 요양해야 할 정도의 부상.

그럼에도 불구하고 의선은 그런 부분에 대해선 은근슬쩍 넘겼다. 거기다가 귀명신단에 대한 언급도 일체 하지 않았다.

바로 한천의 부탁 때문이었다.

기다렸던 의선의 대답이 나오자 한천은 곧장 대화 주제를 단엽에게로 돌렸다.

"그나저나 상황이 상황이다 보니 너한테는 제대로 고맙다는 인사도 못 했네. 고맙다. 네 덕분에 살았어."

실로 절체절명의 순간 등장해 주었던 단엽이다.

그가 없었다면 자신은 죽었을 테고, 어쩌면 백아린도 위험해졌을지 모른다. 그런 상황을 막아 준 단엽에게 한천은 진심으로 고마웠다.

갑작스러운 말에 단엽은 자신의 볼을 긁적이며 투덜거렸다.

"정말 고마우면 어서 회복이나 하라고. 아파서 누워 있는 건 너랑 안 어울리니까. 술친구가 필요했는데 이렇게 환자면 그럴 수도 없잖아?"

"걱정 말라고. 이래 봬도 몸 하나는 꽤 튼튼하거든. 근데 이제 잘나가는 련주님이 되셨으니 비싼 술 사 주는 건가?"

한천의 말에 단엽이 곧장 코웃음을 치며 답했다.

"무슨 소리야. 네가 사야지."

"윽, 난 박봉인데……."

한천이 괴롭다는 듯 가슴을 움켜쥐며 장난스러운 행동을 취해 보였다.

그런 그를 향해 백아린이 투덜거렸다.

"이렇게 매일 농땡이 치면서 그 정도 받는 것만 해도 고마운지 알아. 그럼 조금 더 쉬고 있어. 의선 어르신, 이번 일에 대해 여쭤어보고 싶은 게 있어서 그런데 시간 좀 내주시겠어요?"

한천에게 말을 건넸던 그녀가 슬쩍 의선에게 말을 돌렸다.

그녀의 말에 의선은 고개를 끄덕였다.

백아린이 곧장 단엽과 한천을 향해 말했다.

"두 사람은 여기서 잠깐 시간들 보내고 있어. 곧 돌아올 테니까."

"그러시죠, 대장."

한천이 웃는 얼굴로 대답하는 사이 백아린은 의선과 함께 바깥으로 걸어 나갔다. 그러고는 이내 두 사람은 약간 길을 틀어 거처와 거리를 벌리며 걷기 시작했다.

그렇게 한참을 걷던 도중이었다.

의선이 의아한 듯 입을 열었다.

"대체 뭘 물어보려고 이렇게 먼 곳까지……."

"의선 어르신."

갑자기 자신을 향해 나지막한 목소리로 말을 걸어오는 백아린을 향해 의선이 눈을 동그랗게 뜬 채로 물었다.

"왜 그러는가?"

"부총관이 이미 선수를 쳤을 거라는 건 알고 있어요. 아마 부탁을 했겠죠. 자신의 상태를 감춰 달라고. 그렇지만 제 눈은 속이지 못하거든요."

"……."

백아린의 말에 의선은 움찔했다.

그사이 백아린이 재차 말을 이었다.

"그래서 전부 대답해 주지 못하시는 건 알고 있어요. 그리고 저 또한 의선 어르신을 곤란하게 만들고 싶지 않고요.

그렇지만 이거 하나만큼은 확실하게 대답해 주셨으면 해요."

"……뭘 말인가?"

"부총관…… 위험한 건 아니죠?"

물어 오는 백아린의 눈동자는 너무도 간절했다.

한천에게 백아린이 소중하듯이, 그 반대도 마찬가지였으니까.

절대 잃고 싶지 않은 사람.

그녀에게 한천은 아버지와도 같은 사람이었다.

그런 간절한 백아린의 눈동자를 마주하며 의선은 솔직하게 답했다.

"꽤 오랜 시간 쉬어야 할 걸세. 그렇지만 걱정은 말게. 생명엔 전혀 지장이 없을 테니."

의선의 대답을 듣는 순간 그제야 백아린의 얼굴에 가득했던 걱정이 눈 녹듯 사라졌다.

그녀가 미소 지었다.

됐다. 그거면…… 됐다.

＊　　＊　　＊

적화신루를 통해 날아든 비밀스러운 서찰이 무림맹주 추

자후의 손아귀로 들어갔다.

갑작스러운 연락.

그리고 이어지는 놀라운 부탁까지.

그렇지만 추자후는 당황하지 않았다.

언젠가 이런 날이 올 것이라는 걸 알았던 탓일지도 모르겠다.

백아린이 보낸 서찰이었지만, 결국 이건 천룡성의 부탁이라고 봐야 했다.

서찰의 내용은 간단했다.

십천야를 토벌하기 위해 무인들을 내어 달라는 것이었다. 그리고 이미 십천야와 손을 잡은 것으로 의심되는 이들의 명단도 함께 있었다.

다 읽어 내린 서찰을 손에 꼭 쥔 채로 추자후가 중얼거렸다.

"호남이라……."

천무진이 지원을 요청한 지역은 다름 아닌 호남.

그리고 호남에는 구파일방이나 오대세가가 자리하고 있지 않았다.

물론 호남 지역에 정파 소속의 중소문파들이 잔뜩 있었지만 지금 이 상황은 그런 이들로 해결할 수 있는 일이 아니었다.

상대는 십천야고, 그들을 상대하기 위해서는 무림맹 또한 정예들을 내보내야만 했다.

무림맹 맹주인 추자후에게 무인들을 움직이는 건 그리 어려운 일이 아니었다. 다만 문제는 무인들이 움직이는 이유가 십천야를 상대하기 위함이라는 게 노출돼서는 안 된다는 점이었다.

그리고 이 정도의 대규모 병력이 움직인다면 제아무리 정보력이 약해진 십천야라고 할지라도 눈치채지 못할 수가 없었다.

그렇다고 해도 처음부터 십천야 토벌이라는 명목으로 무인들을 움직여서는 안 됐다.

그랬다가는 그들 또한 충분한 시간을 갖고 반격을 준비할 테니까.

지금으로선 어떻게 십천야의 눈을 속이고 호남까지 무인들을 보낼지 답이 떠오르지 않았지만, 그 부분에 있어 추자후는 길게 고민을 할 필요가 없었다.

그건 서찰 끝자락에 남겨진 문구 때문이었다.

'어떤 방식으로 병력을 보내게 될지는 곧 알게 될 거라고?'

서찰을 보내기 전에 이미 천무진 쪽에서는 그에 맞는 대책도 준비했을 것이고, 추자후의 입장에서는 그에 맞춰 병력을 움직이기만 하면 되는 일이었다.

하지만 그래도 의문이었다.

아무런 의심도 받지 않으며 그 많은 인원들을 움직일 만한 일이라니…….

그게 무엇일지 궁금해하던 그때 바깥에서 총군사 위지겸의 다급한 목소리가 들려왔다.

"맹주님! 급한 전보입니다!"

"들어오게."

승낙이 떨어지자 위지겸이 서둘러 맹주의 집무실로 걸어들어왔다. 다소 긴장한 얼굴의 그를 보며 추자후가 물었다.

"급한 전보라니? 갑자기 무슨 일인가?"

"마교의 정예 무인 삼천가량이 북쪽으로 올라오고 있다고 합니다."

위지겸의 보고에 추자후는 깜짝 놀랄 수밖에 없었다. 그냥 무인도 아닌 정예 무인 삼천이라면 결코 좌시할 수 있는 숫자가 아니었다.

추자후가 서둘러 물었다.

"무슨 연유로 말인가?"

"그것이 신월파(新月派)와 은영곡(隱影谷)의 일 때문이라고 합니다."

신월파는 정파 쪽의 문파고, 은영곡은 마교 휘하에 있는 이들이다.

이 두 세력 간의 문제로 아주 오래전 무림맹과 마교는 일촉즉발의 상태까지 간 적이 있었다.

허나 그 직전에 마교 교주의 몸 상태가 조금씩 안 좋아지기도 했고, 다행히 대화로 어느 정도 상황을 매듭지을 수 있어 휴전에 들어간 상태였다.

그런데 그런 상황에 마교가 움직였다.

추자후가 이해가 안 간다는 표정을 지은 채로 중얼거렸다.

"긴 시간 동안 가만히 있던 그들이 왜 이제 와서 그 두 세력의 일을 다시 들쑤시……."

말을 이어 가던 추자후가 갑자기 움찔했다.

신월파와 은영곡?

'……호남!'

추자후가 자리에서 벌떡 일어섰다.

그랬다. 그 두 세력이 위치한 곳은 현재 천무진이 지원을 요청한 호남이었다.

갑작스러운 마교의 도발, 그런데 그곳이 하필이면 호남이라니…….

이게 우연일 리가 없지 않은가.

그제야 추자후는 천무진 쪽에서 보내온 서찰의 의미를

알 수 있었다.

'허허, 천 공자가 말씀하신 것이 이것이었군요.'

지금 마교가 움직인 것 또한 천무진이 부탁한 일이 분명하다는 확신이 들었다.

오랫동안 해결되지 않은 다툼. 그것으로 인해 마교가 움직였다면 무림맹의 무인들이 움직이는 명분으론 너무도 충분했다.

천무진이 먼저 이런 방식으로 해답을 주었으니…… 남은건 자신의 대답뿐이었다.

"총군사."

"예, 맹주님."

명령을 기다리는 위지겸을 향해 추자후가 답했다.

"무인들을 모으게. 마교에 뒤처지지 않을 정도로."

＊　　　＊　　　＊

자신의 발로 십천야의 비밀 거점에 돌아온 천무진은 그저 평범하게 시간을 보내고 있었다.

지원을 요청한 무림맹과 마교의 무인들이 이곳까지 도착하려면 열흘 이상의 시간이 필요했고, 그 전까지 천무진은 계속해서 조종을 당하는 척 연기를 할 생각이었다.

물론 그렇다고 해서 천무진이 내부에서 아무런 의미 없는 시간을 보내는 건 아니었다.

그는 십천야와 관련된 이들을 알아내기 위해 나름 분주히 움직이고 있었다.

십천야 거점 내부를 오가는 이들을 살폈고, 그들의 정체가 누구인지 알아내기 위해 비밀리에 움직였다.

뒤를 캐며 그들이 만나는 이들을 확인할 수 있도록 백아린에게 정보를 주기도 했고, 직접 누군가를 만나 주고받는 대화를 엿듣기도 했다.

덕분에 정파와 사파를 가리지 않고 십천야와 관련 있는 이들을 꽤나 많이 파악할 수 있었다. 그리고 그들 중에는 나름대로 이름 있는 무인들도 제법 있었다.

다른 곳도 아닌 십천야의 거점.

그런 장소에 있다 보니 아무래도 정보를 구해 내는 경로도 다양해지고, 구해 내는 것 또한 쉬울 수밖에 없었다.

거기다가 이제 천무진은 천지광을 만나게 되는 게 두렵지 않았다.

예전엔 그에게 거짓말을 하지 못했다.

하지만 자모충의 손아귀에서 벗어난 지금은 그에게 조종당했던 부분이 천무진에게 무기가 되어 줬다.

오히려 반대가 되어 버린 것이다.

천무진이 말하는 것이라면 모두 믿을 수밖에 없었으니까.

오늘도 연무장과 외부에서 보내는 시간을 적절하게 분배하여 티 나지 않도록 움직이던 천무진은 남윤과 잠시 대화를 나누고 있었다.

남윤은 천무진과 외부를 이어 주는 연결책이었다.

천무진이 물었다.

"영감, 어떻게 되어 가고 있어?"

"원하시는 방향대로 잘되어 가는 것 같습니다. 이미 양쪽 모두 움직였으니 곧 호남에 도착할 수 있을 걸로 파악됩니다."

무림맹과 마교의 병력들이 예정대로 움직이고 있다는 걸 확인한 천무진은 곧장 물었다.

"부총관의 상태는 좀 어떻대?"

"그때보다 조금 더 나아졌다고 합니다. 백 소저께서 크게 걱정하지 않으셔도 된다고 전해 달라 하시더군요."

"……"

고개를 끄덕거리긴 했지만 아무래도 신경이 쓰이는 건 사실이었다.

외부에 드나들다가는 천지광이 수상쩍게 볼 위험이 있기에 천무진은 최대한 나가고 싶은 욕구를 자제하고 있었다.

그랬기에 한천의 상태를 알고는 꽤나 걱정이 되었지만 이렇게 남윤을 통해 전해 듣고만 있을 뿐, 직접 찾아가 보지는 못했던 것이다.

아쉽지만 지금으로써는 어쩔 수 없는 상황이었다.

그들을 위해 천무진이 할 수 있는 건…… 해야 할 일에 최선을 다하는 것뿐.

천무진이 자리에서 일어났다.

은밀히 십천야와 손을 잡은 이들의 정체를 알아내긴 했다. 하지만 그것만으로는 만족할 수 없었다. 이런 연기를 하는 거 자체가 십천야에 몸담은 이들을 발본색원하기 위함이었으니까.

그리고 더 은밀하게 움직이고 있는 자들까지 알아내기 위해서는…….

막 걸음을 움직여 연무장을 벗어나려는 천무진을 향해 남윤이 서둘러 물었다.

"어딜 가시는 겁니까?"

"마지막 목표물이 하나 남았거든."

천무진이 노리는 마지막 표적.

그건 바로…… 십천야 중 하나인 주란이었다.

주란은 자신의 거처에 찾아온 손님을 보고는 당황스러운

표정을 감추지 못했다.

십천야 전원이 모이는 자리에서만 어쩔 수 없이 얼굴을 마주했던 사이인 천무진이 직접 자신을 만나기 위해 찾아올 거라고는 생각도 하지 못했기 때문이다.

놀란 그녀가 자리에서 일어나며 물었다.

"천무진 네가 왜 여기에……."

"원래 손님을 이렇게 맞이하나?"

자리에 선 채로 이야기해야 되냐는 듯 물어 오는 천무진의 모습에 주란은 표정을 찡그렸다가 이내 가볍게 손짓했다.

그제야 방 안으로 들어온 천무진은 중앙 부분에 위치한 의자에 걸터앉았다. 그런 그의 맞은편에 자리하긴 했지만…… 주란은 가시방석에 앉은 것처럼 불편한 기분이었다.

결코 좋은 사이가 아니었고, 이렇게 마주 앉아 주고받을 대화도 없었다.

그랬기에 의아할 수밖에 없었다.

왜 천무진이 이런 늦은 시간에 자신을 찾아온 것인지 말이다.

주란은 최대한 담담한 척 입을 열었다.

"무슨 일인데?"

"상무기가 죽은 이후 십천야의 정보를 관리하던 게 너라고 들었다. 맞나?"

"맞아. 그런데 그건 왜 물어보는 거지?"

"사실은…… 갑자기 백아린과 연락이 안 돼서."

천무진의 말에 주란은 속으로 움찔하지 않을 수 없었다.

그녀는 백아린이 죽은 줄로 알고 있었고, 이 사실이 천무진에게 알려지지 않도록 유의하라는 천지광의 명을 받았다.

그랬기에 애써 아무렇지 않은 척 답했다.

"그래? 그런데 그게 왜?"

"왜 갑자기 연락이 안 되는지 신경이 쓰여서. 백아린에게 연락을 넣고 싶은데 아무래도 정보 단체의 힘이 필요할 것 같다."

천무진의 말을 듣고서야 주란은 왜 그가 자신을 찾아왔는지 알 수 있었다.

"그러니까 나한테 그 백아린을 찾아 달라?"

"맞아."

천무진의 말을 들으며 주란은 비웃음을 삼켰다.

죽은 사람을 찾아 달라는 의뢰를 어찌 받아들여야 할까? 하지만 이내 그녀는 아무렇지 않은 듯 고개를 끄덕였다.

"뭐 그렇게 하지. 찾을 수 있을지는 장담하지 못하겠지만."

그냥 찾는 시늉만 하면 되는 일이라 생각한 주란이 선뜻 천무진의 부탁을 승낙했다. 적당히 시간이나 때우면서 물어보면 아직 찾은 게 없다고 둘러대기만 하면 되는 일이었으니 그리 어렵지 않았다.

주란이 생각하는 척하다 승낙의 뜻을 내비치는 사이 천무진의 눈과 감각이 빠르게 그녀의 거처 내부를 살폈다.

뭔가를 찾기 위해서였다.

사실 천무진이 주란을 통해 얻고자 하는 건 바로 그녀가 지니고 있는 비밀 장부였다.

주란은 홍화루의 주인이다.

그리고 그곳은 보통의 수십 곱절은 될 정도로 치명적인 중독성을 지닌 아편을 유통하는 곳이기도 했다. 수많은 무인들과 고관대작들조차 얽혀 있는 장소.

홍화루는 십천야의 힘의 원천이기도 한 곳이었다.

그곳을 통해 아편에 중독당한 이들은 자연스레 십천야의 휘하로 들어갔다. 그렇게 당한 이들이 꽤나 많다는 사실을 천무진은 이곳 비밀 거점에 있으면서 알게 됐다.

그리고 그들을 관리하기 위해 명단이 적혀 있는 비밀 장부가 존재한다는 사실도.

십천야들과 어쩔 수 없이 동석한 자리에서 스치듯 들었던 이야기들이었지만 결코 잊을 리가 없었다.

그 비밀 장부만 찾는다면 은밀하게 숨어 있어, 아직까지도 알아내지 못한 십천야 세력들의 상당 부분을 파악할 수 있을 거라 판단한 것이다.

무척이나 중요한 장부니 외부에 놔두는 것보다 십천야의 비밀 거점 중 하나에 감춰져 있을 확률이 높다 여겼고, 한곳에 오래 있었던 만큼, 현재 자신이 있는 곳에 지니고 있지 않을까 의심하고 있었다.

그래서 이렇게 직접 찾아와 본 것이긴 했지만······

방 안엔 딱히 서책이랄 것은 하나도 보이지 않았다.

하지만 천무진은 포기하지 않았다.

'분명 여기에 숨겨 놨을 확률이 큰데.'

비밀 거점이다 보니 가장 안전할 것이고, 목숨처럼 중요하게 여긴다고 들었으니 옆에서 떼어 놓을 리가 없다.

그렇다면······.

다시 한번 슬쩍 방을 둘러보던 천무진의 시선이 어느 지점에 이르러 멈칫했다.

주란은 참으로 화려한 여인이다.

옷부터 시작해서 장신구까지.

마찬가지로 방 내부도 비슷했다.

화려한 내부의 장식들이 곳곳에 가득했다. 그런데 그런 화려함과 동떨어진 족자 하나가 방 한편에 걸려 있었다.

그걸 확인하는 순간 천무진은 주란이 눈치채지 못하게 무형의 기운을 그쪽으로 가볍게 흘려보냈다. 그리고 이내 그 기운이 족자를 관통하며 사라졌다.

덕분에 족자와 벽 사이에 자그맣게 텅 빈 공간이 있는 걸 확인할 수 있었다.

그걸 느낀 순간 천무진의 눈초리가 가볍게 씰룩였다.

잠시 후 천무진이 벌떡 일어났다.

"그럼 할 이야기는 끝냈으니 이만 가지. 들어오는 정보 있으면 연락 주도록 하고."

"그렇게 하지. 그리고 앞으로 찾아올 거면 미리 연락은 좀 주고 오면 좋겠는데."

"뭐 이런 일이 또 있을지는 모르겠지만 그러지."

짧은 대답을 마친 천무진은 곧장 몸을 돌렸다.

사실 저 안에 그 비밀 장부가 있을지 없을지는 확신할 수 없었다. 그저 빈 공간이 있다는 사실을 확인했을 뿐.

그렇지만 저곳에 비밀 장부가 없다고 해서 상황이 변하는 건 아니다. 일을 처리하는 것이 보다 번거로워질 뿐이지, 그 결과는 같을 테니까.

허나 가능성을 보았으니 이후의 일에 대해 빠른 결단을 내릴 수 있었다.

주란의 거처를 빠져나온 천무진은 연무장을 향해 걸어가

기 시작했다.

'열흘.'

천무진이 걸음을 멈춘 채로 십천야의 비밀 거점 내부를
스윽 둘러봤다.

저번 생에서부터 이어져 온 지독한 싸움.

그 싸움의 끝이 다가오고 있었다.

6장. 우연이 아닌 운명
— 고마워

　무림맹과 마교의 갑작스러운 마찰.

　그리고 그에 따라 서로의 무인들을 호남성으로 출동시킨 사건은 십천야 또한 모를 수가 없었다. 제아무리 정보력이 약해졌다고 한들 무림맹과 마교 곳곳에 수많은 간자들을 박아 둔 십천야다.

　이렇게 큰 사건에 대한 정보는 금방 들어올 수밖에 없었다.

　허나 십천야 쪽에서는 그 일에 대해 크게 반응하지 않고 있었다. 그건 그만큼 무림맹이나 마교 쪽에서 이 일을 두 세력 간의 마찰로 꾸몄기 때문이다.

실질적으로 호남성을 향해 가고 있는 무림맹과 마교 무인들의 진짜 목적을 아는 이들은 각 세력 내에서도 셋 정도로 국한되었다.

그만큼 비밀리에 진행되었으니, 이들의 실제 목적을 알아내는 건 불가능했다.

거기다 현재 천지광이 천룡혼과 관련된 일을 제외하고는 어떤 일에도 관심이 없다는 사실 역시 십천야의 무관심에 크게 작용했다.

무림맹이나 마교가 무슨 짓을 하든 간에 그것은 천지광의 관심 밖에 있는 일이었다. 그저 하루빨리 천무진에게서 천룡혼을 받고 과거로 돌아가기만을 목이 빠져라 기다리는 천지광이었으니까.

그렇게 두 세력이 은밀하게 십천야의 숨통을 조여 오는 것도 모르고 그저 무방비하게 있던 그들에게 청천벽력과도 같은 정보가 들어왔다.

주란은 자신이 받아 든 정보를 전달하기 위해 서둘러 십천야의 모두를 소집시켰다.

말이 소집이지 모인 이들의 숫자는 고작 셋에 불과했다.

천지광과 자운, 그리고 주란 이렇게 말이다.

느닷없는 연락에 자운은 피곤한 얼굴로 자리에 참석했

다. 아직 이른 새벽 시간이었기에 갑작스러운 부름이 맘에 들지 않았지만…….

천지광이 먼저 입을 열었다.

"무슨 일로 이리 급하게 한자리에 모이게끔 연락을 취한 게냐?"

"어르신, 지금 상황이 이상하게 흘러가고 있어요."

"뭐가 말이냐?"

"알고 계실 거예요. 무림맹과 마교가 신월파와 은영곡의 일로 호남에서 흉흉한 분위기를 연출하던 걸요."

"며칠 전에 이미 들었던 이야기 아니더냐. 그런데 그게 왜?"

"그런데…… 그게 좀 이상해요. 그 두 세력이 갑자기 방향을 틀어 북쪽으로 올라오고 있어요."

신월파와 은영곡은 호남 남쪽에 위치해 있다. 그런데 그 두 세력과 관련된 문제로 움직이던 무림맹과 마교가 북쪽으로 올라오고 있으니 이건 그냥 넘어갈 문제가 아닌 듯해 보였다.

그 말에 자운이 놀란 듯 물었다.

"그게 정말이냐? 내가 듣기로도 무림맹은 분명 신월파가 있는 곳으로 간다고 했었는데……."

자운은 화산파에서 장문인을 제외하고는 최고의 권력을

지니고 있다고 봐도 무방한 인물이었다. 당연히 무림맹이 움직이기 무섭게 그것에 대한 정보들을 전달받았다.

그리고 자운이 알기로도 그들의 목적지는 호남 남쪽 지역이었다.

의문을 드러내는 자운을 향해 주란이 답했다.

"그러니까 이상하다는 거야. 무림맹의 병력은 기양(祁陽)을 통해 올라오고 있고, 마교는 침주(郴州)를 통해 올라오고 있는 상황이야. 그리고 그 두 개의 관도가 맞닿는 곳에 위치해 있는 건…… 형산(衡山)이고."

십천야의 비밀 거점이 자리한 곳은 형산이었고, 두 세력이 움직이는 방향이 교차하는 곳 또한 형산이다.

과연 이걸 어찌 생각해야 할까?

주란의 말에 자운이 고개를 좌우로 번갈아 저었다.

"다소 의아하긴 하지만 그럴 리가 없어. 지금 그 누가 우리 십천야에게 대적하려고 든단 말이야? 이미 그럴 놈들은 모두 죽었다고."

천운백은 죽었고, 천무진은 십천야였다.

그리고 그나마 십천야라는 존재를 알던 적화신루의 두 사람 또한 이번에 당했고, 설령 살아 있었다고 해도 그들이 무림맹과 마교를 움직일 힘이 있을 리 만무했다.

이제 십천야에 대해 잘 알고 있는 이들은 세상에 남지 않앉고, 위협이 될 존재도 없다고 여겼다.

물론 주란 또한 자운과 비슷한 생각이었다.

적어도 무림맹과 마교를 동시에 움직일 힘이 있는 자들이라면 천룡성이 유일한데, 그렇다면…….

주란이 중얼거렸다.

"설마…… 천운백이 살아 있는 거 아냐?"

"그게 무슨 개소리야!"

천운백을 죽이기 위해 움직였던 것이 자운이다. 그랬기에 그는 주란의 말에 곧장 거친 목소리로 반박했다.

지금 주란의 말대로라면 자신이 임무에 실패했다는 의미가 되니까.

그런 그를 향해 주란 또한 목소리를 높여 받아쳤다.

"시체 확인했어? 확인했냐고!"

"거기서 시체를 어떻게 확인해? 뼛조각도 남아 있지 못할 정도로 박살을 냈는데. 궁금하면 어디 너로 실험해 줄까? 시체를 찾을 수 있을지 없을지 너로……."

말과 함께 자운이 주란을 향해 막 한 걸음 내디뎠을 때였다.

피잉!

휘장 안쪽에서 움직인 손이 뿜어낸 무형의 기운이 자운을 덮쳤다. 동시에 그는 기운을 가슴에 적중당한 채 그대로 바닥을 나뒹굴었다.

"끄윽."

자운이 가슴을 움켜쥐며 몸을 일으켜 세우려는 그때였다.

휘리리릭!

순간 항상 휘장 안쪽에 자리하고 있던 천지광이 나타났다. 바람처럼 나타난 그의 손이 순간 놀란 듯 눈을 치켜뜨는 자운의 목을 움켜쥐었다.

목을 쥔 천지광은 그를 허공으로 들어 올렸다.

허공에 대롱대롱 매달린 자운이 고통스러운 듯 거친 숨을 토해 냈다.

"커, 컥컥! 어, 어르신……."

허공에 매달린 채로 천지광을 바라본 자운은 순간 움찔했다. 장포로 가려지지 않은 얼굴 한쪽으로 끔찍하게 일그러진 피부가 보였기 때문이다.

천지광이 곧장 그를 바닥에 내던졌다.

쾅!

바닥에 내팽개쳐진 자운이 황급히 무릎을 꿇은 채로 용서를 빌었다.

"죄송합니다, 어르신. 제가 흥분하여 어르신 앞에서 결례를 끼쳤습니다."

"……한가하게 네놈들의 말다툼이나 보자고 모인 것이 아니다, 자운. 알겠느냐?"

천지광이 말과 함께 주란 쪽으로 시선을 돌리자 그녀는 황급히 자운과 마찬가지로 무릎을 꿇었다. 그 상태로 천지 광이 입을 열었다.

"우선 너희는 무림맹과 마교의 움직임을……."

말을 하던 천지광이 갑자기 입을 닫았다.

그의 시선이 입구 쪽으로 향했고, 이내 그곳에서 누군가 가 모습을 드러냈다. 다른 이가 지금처럼 갑자기 나타났다 면 천지광이 결코 그냥 넘어가지 않았겠지만, 이번만큼은 달랐다.

천지광은 나타난 상대를 향해 반가운 목소리로 입을 열 었다.

"여긴 어쩐 일이더냐?"

"어르신께 긴히 드릴 말씀이 있어서 왔는데…… 상황이 좀 아닌가 봅니다."

모습을 드러낸 이는 천무진이었다.

그리고 그는 무릎을 꿇고 있는 자운과 주란을 무표정한 눈빛으로 가볍게 내려다봤다. 그 모습에 자운은 속으로 이 를 갈았다.

'저, 망할 새끼가…….'

굴욕스러웠다.

천지광을 향해 꿇고 있는 이 무릎이 마치 천무진에게도 굴복한 것만 같아서.

천무진이 곧장 말을 이었다.

"다음에 말씀드리도록 하죠."

말과 함께 몸을 돌리려는 천무진을 향해 천지광이 서둘러 소리쳤다.

"아니다! 잠시만 기다리거라."

긴히 할 말이 있다는 소리에 천지광은 혹시나 하는 생각이 든 것이다. 그는 곧장 무릎을 꿇은 상태로 용서를 빌고 있던 자운과 주란에게 말했다.

"냉큼 이곳에서 물러가라!"

천지광의 명령에 주란은 입술을 꽉 깨물었다.

정확한 건 아니지만 무림맹과 마교가 자신들이 있는 인근으로 다가오고 있다. 이에 대한 방비책을 세워야 할 때라 생각했거늘 천지광은 자신들에게 물러가라 명했다.

이것에 대해 다시금 이야기하고 싶었지만, 지금은 그럴 수 있는 분위기가 아니었다.

결국 주란은 고개를 숙인 채로 자운과 함께 천지광의 집무실을 빠져나가야만 했다.

그렇게 두 사람이 사라진 걸 확인하고 있는 천지광을 향해 천무진이 입을 열었다.

"멀리서 들리는 바로는 무림맹과 마교를 언급하시는 것 같던데 무슨 일이라도 있으신 겁니까?"

"별일 아니다. 그냥 무림맹과 마교가 서로의 일 때문에 인근으로 오고 있는데 그걸 가지고 호들갑들을 떤 게지."

천무진에게 굳이 이런저런 자세한 상황을 이야기해 줄 필요가 없는 천지광이었기에 그는 대수롭지 않다는 듯 말했다.

그리고 이내 천지광이 말을 이었다.

"그보다 긴히 할 말이라니 그게 무엇이냐?"

물어 오는 질문, 천무진이 아주 잠시 뜸을 들이더니 이내 손으로 자신의 단전 윗부분을 어루만지며 입을 열었다.

"이곳에 천룡혼이 피어오르기 시작했습니다."

"그게 정말이더냐?"

"예, 방금 전에 마침내 천룡혼이 조금씩 모습을 드러내는 걸 느끼고 어르신께 말씀드리러 왔습니다. 그렇게 명령 하셨으니까요."

천무진의 말을 멍하니 듣고 있던 천지광은 자신의 얼굴을 감싸 쥔 채로 웃음을 터트렸다.

"하, 하하! 하하하!"

미친 사람처럼 웃어 대는 천지광, 하지만 그도 그럴 것이 수십 년이 넘게 바라 왔던 바가 이루어지려는 순간이 아닌가.

그는 말로 표현하기 힘들 정도로 기쁜 상태였다.

그렇게 웃음을 터트리던 천지광이 말했다.

"그럼 곧바로 천룡혼을 내게 주면 되겠구나."

천무진에게 생긴 천룡혼을 통해 과거로 돌아간 이후 시작될 새로운 삶을 상상하는 것만으로도 천지광의 피가 끓어올랐다.

그런데……

천무진이 고개를 저으며 답했다.

"아직은 무립니다."

"뭐?"

"천룡혼이 아직 완전히 피어오르지 못했습니다. 저도 여태 경험해 보지 못해 몰랐는데, 천룡혼은 생겨나고 완성까지 시간이 조금 필요합니다."

"얼마나 말이냐?"

"지금 이 정도 속도로 늘어난다면 완성까지는…… 삼 일이 걸릴 겁니다."

"삼 일이나 말이냐?"

대답을 하는 천지광의 목소리에서는 지독한 갈증이 느껴졌다.

삼십 년이 넘게 참아 왔던 그다.

그렇게 긴 시간을 버텼으면서 삼 일을 더 기다리는 것이 이토록 초조할 줄은 상상도 하지 못했다.

그랬기에 천지광이 평소답지 않게 초조한 속내를 대놓고 드러냈다.

"시간을 더 당길 수는 없겠느냐? 하루, 아니 반나절이라도 좋다."

그의 물음에 천무진이 곧바로 답했다.

"무리입니다. 이건 자연의 기운이 자연스럽게 몸 안으로 축적되면서 피어오르는 힘인지라 운기조식을 하든 뭘 하든 똑같은 속도로 진행되고 있으니까요."

"끄응, 그러하더냐?"

아쉬움이 잔뜩 묻어 나왔지만 천무진의 말을 들어 보니 인간의 힘으로 어찌할 수 있는 건 아닌 듯싶었다.

그저 지금으로서 막연하게 그때를 기다리는 수밖에……

결국 그렇게 삼 일을 기다리기로 마음먹은 천지광은 그제야 괜히 천무진의 어깨를 두드리며 미소를 지어 보였다.

"네가 고생했구나."

"……천룡혼을 받으시고 제게 하신 약속 잊으시면 안 됩니다."

"물론이지. 네가 날 위해 이리도 고생을 해 주었거늘 내가 어찌 그 약속들을 잊겠느냐. 이번 생과 다음 생, 네 인생을 반드시 행복하게 해 주마. 네 주변 사람들에 대한 약속도 마찬가지고."

어린 시절 천무진이 십천야에 들어오며 걸었던 약속과 정신이 돌아온 이후 새로이 했던 약속까지.

그 모든 걸 들어주겠다며 천지광은 거짓말을 던졌다.

이미 약속을 어기고 천무진 주변의 모두를 죽이려 했으면서 말이다.

그걸 알기에 천무진은 속으로 치를 떨었다.

정말 표정 변화 하나 없이 자신을 속이려 드는 이 천지광이라는 자에게 기가 막힐 지경이었다.

그렇지만 천무진 또한 어차피 지금은 이 장단에 맞춰 속아 주는 척을 해야만 하는 상황.

알겠다는 듯 고개를 끄덕인 천무진이 인사를 건넸다.

"그럼 잠깐 물러나서 쉬도록 하겠습니다. 밤새 연무장에 있었더니 조금 지쳐서 말입니다."

"그래, 어서 돌아가 쉬면서 몸 관리도 좀 하고."

"예, 어르신."

말을 마친 천무진이 포권과 함께 몸을 돌렸다.

그렇게 천무진이 나간 직후였다.

방에 혼자 남은 천지광이 내부를 걸으며 생각에 잠겼다.

'삼 일이라.'

무림맹과 마교의 미심쩍은 움직임.

이것에 대해 어떻게 해야 하나 잠시나마 고민을 했던 천지광이었다. 하지만 천무진의 이야기를 듣는 순간 천지광은 고민할 필요가 없겠다고 생각했다.

어차피 삼 일이라면 그 두 세력이 정말로 십천야의 비밀 거점을 노리고 온 것이라고 할지라도, 감춰져 있는 이곳을 찾아내기엔 너무도 모자란 시간이다.

비밀 거점은 진법에 감춰져 있고, 그것을 외부에서 파훼하기 위해서는 꽤나 긴 시간이 소요될 테니까.

과거로 돌아가는 순간 지금 가진 모든 것이 원점으로 돌아가는 천지광에겐 굳이 이곳에서 다른 일을 벌일 이유가 없었다.

지겨운 이번 삶의 마지막까지 귀찮은 일이 벌어지는 건가 싶어 다소 짜증이 치밀었던 상황에, 이토록 딱 맞아떨어지게 해결될 기미가 보이자 천지광은 오히려 유쾌해졌다.

마치 자신의 미래가 이처럼 쭉 잘 풀릴 것 같은 느낌이 들었으니까.

'무슨 연유로 무림맹과 마교가 이곳으로 오는지는 모르겠지만…… 이미 늦었다. 아무래도 하늘은 나의 편인 듯싶구나.'

생각이 거기까지 미치자 절로 웃음이 나왔다.

"하하하!"

시원하게 울려 퍼지는 천지광의 웃음소리.

그리고 그 웃음소리에 거처를 벗어나 걸어가던 천무진이 발걸음을 멈춰 섰다.

그는 커다란 웃음소리가 들려오는 뒤편으로 슬쩍 시선을 줬다가 이내 고개를 돌렸다.

'마음껏 웃어 둬.'

이제…… 지금처럼 웃을 날이 얼마 남지 않았으니까.

* * *

한동안 아예 외출을 자제하던 천무진이 오랜만에 비밀 거점을 빠져나와 바깥으로 나섰다.

무림맹과 마교의 병력이 빠르게 북상하고 있지만, 아직 인근에는 도착하기 전이었다.

아직까지는 십천야 내에서도 이 일에 대해 경계만 하고 있을 뿐 확신을 지니지 못하고 있는 때라 나올 만한 기회를 잡을 수 있었던 것이다.

천무진의 옆에는 자연스레 남윤이 따라붙어 있는 상태였다.

천지광은 외출을 하게 되더라도 언제나 남윤이 함께하길 원했고, 그는 그걸 충실히 이행 중이었다.

물론 제대로 된 보고는 전혀 하고 있지 않았지만 말이다.

함께 나아가던 남윤이 입을 열었다.

"오늘 외출 일정은 백 소저가 머물던 거처를 찾아갔지만, 흔적을 찾지 못하고 인근까지 뒤져 보다가 돌아온 정도로 하면 될 것 같습니다."

"그렇게 부탁할게, 영감."

어차피 천무진이 외부에 나갔던 일은 발각되기 쉬웠다.

굳이 숨겨서 의심을 받을 바엔 차라리 이쪽에서 먼저 가짜 정보를 흘려 천지광의 눈을 속이는 쪽을 선택한 것이다.

그렇게 간단하게 추후의 계획에 대해 이야기를 나눈 두 사람은 이내 목적지 인근에 도착할 수 있었다.

그곳은 의선의 거처로 마련해 두었던 곳인데 지금은 백 아린과 단엽, 그리고 한천까지 함께 몸을 숨기고 있는 장소이기도 했다.

혹시 모를 상황을 대비하여 세 사람 모두가 완전히 자취를 감추고 있었고, 그런 그들을 만나기 위해 천무진이 이곳까지 직접 찾아온 것이다.

거처에 도착한 천무진은 남윤과 헤어져서는 곧장 안쪽으로 걸음을 옮겼다.

갑작스러운 천무진의 방문.

그리고 그런 그가 가장 먼저 발견한 사람은 다름 아닌 백아린이었다.

"어?"

마찬가지로 다가오는 천무진을 발견한 그녀가 일순 눈을 동그랗게 뜨더니, 이내 밝아진 얼굴로 서둘러 그에게 달려갔다.

코앞까지 빠르게 다가간 백아린이 웃는 얼굴로 입을 열었다.

"뭐야, 언제 왔어요?"

"방금. 몸은 좀 어때?"

천무진의 질문에 백아린은 자신의 몸을 슬쩍 살펴보다 이내 손을 저으며 안심시켰다.

"보시다시피 전혀 문제없어요."

천지광이 투입했던 어마어마한 무인들과 싸운 지도 다소 시간이 지났고, 그간 충분히 치료를 받은 덕분에 백아린의 외상은 깨끗하게 나아 있었다.

그리고 내상 또한 이미 완치된 상태였다.

그렇지만 말을 듣고도 천무진은 쉬이 마음이 놓이지 않았다.

"정말로 괜찮아?"

십천야를 일망타진하기 위해서라는 이유가 있긴 했지만, 옆에 있어 주지 못했다. 그것이 천무진은 못내 마음에 걸렸다.

재차 물어 오는 그 목소리에서 자신에 대한 걱정이 느껴져서일까?

백아린이 씩 웃으며 등 뒤에 매고 있는 대검에 손을 가져다 댔다.

"멀쩡하다니까요. 보여 줘요?"

당장이라도 대검을 뽑아 들 것처럼 기세등등한 모습에 천무진은 됐다는 듯 손사래 쳤다. 그러고는 이내 천무진이 물었다.

"다른 사람들은?"

"다 안쪽에 있어요. 당신이 오는 줄 몰랐으니 다들 깜짝 놀랄 거예요."

말과 함께 백아린은 단엽과 한천이 있는 방으로 천무진을 안내했다.

당시 당했던 부상으로 인해 한천은 아직까지도 거의 하루의 대부분을 방 안에서 보내는 중이었다. 그리고 그런 그의 옆에서 단엽은 말벗이 되어 주고 있었다.

언제나처럼 방에서 뭔가 이야기를 하고 있던 두 사람은 모습을 드러낸 천무진을 발견하고 크게 반겼다.

"얼굴 까먹겠다. 왜 이리 얼굴 보기가 힘들어?"

단엽의 투덜거림에 천무진이 피식 웃으며 짧게 답했다.

"곧 일이 마무리되면 그때는 질리도록 볼 수 있을 거다."

말과 함께 천무진의 시선이 침상 위에 앉아 있는 한천에게로 향했다. 주기적으로 남윤을 통해 상태를 전해 듣긴 했지만, 막상 이렇게 보니 또 걱정이 들 수밖에 없었다.

천무진이 한천에게 다가가 물었다.

"부총관, 몸은 좀 어때?"

"어휴, 전혀 걱정 안 하셔도 됩니다. 다들 성화라서 이렇게 침상에 누워 있는 거지 당장이라도 일어나 달릴 수도 있다니까요?"

특유의 너스레와 함께 걱정 말라는 듯 말하는 한천의 모습을 보며 천무진은 손을 뻗어 그의 어깨를 가볍게 두드렸다.

"너무 무리하지 말고 몸 관리에 신경 써."

이제 곧 있을 십천야와의 마지막 결전.

사실 그 결전에 한천은 빠져야만 했다. 본인은 괜찮다고 말하고 있지만, 몸 상태가 아직도 좋지 못했기에 이번만큼 은 그를 제외하는 걸로 정했다.

허나 상관없었다.

이번 작전은 최대한 피해 없이 마무리될 예정이니까.

그리고 그걸 위해 천무진이 굳이 비밀 거점으로 돌아가 조종당하는 연기를 하는 번거로운 일까지 감수하며 이번 작전을 준비하지 않았던가.

천무진의 진심 어린 걱정에 한천은 괜히 다른 쪽으로 이 야기를 돌렸다.

"하, 다른 건 다 괜찮은데 술 못 먹는 건 정말 죽겠습니 다. 이거 강제로 금주 중이니 원……."

"어차피 매일 먹던 거 한동안 참는 것도 나쁘지 않겠 군."

"매, 매일까지는 아니었죠! 하하."

"그런가? 분명 내 기억은 좀 다른 거 같은데."

말과 함께 천무진이 지그시 백아린을 바라봤고, 그녀가 동감한다는 듯 고개를 끄덕였다.

억울하다는 듯 울상을 지어 보이는 한천을 바라보며 천 무진은 옆에 있는 의자를 끌어다가 자리에 앉았다.

그리고 그와 함께 들어온 백아린 또한 그 옆에 나란히 자리했다.

그렇게 한자리에 모인 네 사람은 오랜만에 두런두런 대화를 나눴다.

물론 그 대화의 대부분을 이끄는 건 언제나처럼 단엽과 한천이었다.

시끄럽게 떠들어 대는 두 사람의 말에 천무진과 백아린은 웃거나, 간단한 대답을 하며 그렇게 오랜만에 평화로운 시간을 보냈다.

천무진은 팔짱을 낀 채로 한자리에 모인 세 사람을 스리슬쩍 살폈다.

그들을 보고만 있었을 뿐이거늘…… 신기하게도 웃음이 났다. 그리고 덩달아 마음 또한 편안해졌다.

십천야들과 함께 있을 때와는 너무도 다른 기분이었다.

갑작스럽게 미소 짓는 천무진의 모습에 한천이 당황한 듯 말했다.

"어라. 제가 지금 한 말이 웃겼습니까? 이상하네, 웃긴 말은 아니었던 것 같은데."

"아니 그냥…… 좋아서. 좋아서 그래."

자모충이 사라지고 자기 자신의 의지로 살아갈 수 있게 된 지금. 자신이 좋아하는 사람들과 함께할 수 있고, 또 그들이 옆에 있어 준다는 것이 얼마나 큰 행복인지 알게 됐다.

천무진의 그 말에 나머지 세 사람 모두 움찔했다가 이내 마찬가지로 입가에 미소를 머금었다.

자세한 설명은 없었지만 천무진이 하는 말의 의미를 알 것만 같았으니까.

천무진의 시선이 한 사람, 한 사람에게로 향했다.

생각해 보면 실로 재미있는 조합이 아닐 수 없었다.

사파를 대표하는 단체 중 하나인 대흥련 련주의 자리에 오른 젊은 괴물 단엽.

황궁의 무공을 펼치며 십천야 두 명과 견줄 만한 비밀이 많은 무인 한천.

마지막으로 적화신루의 루주이자, 말도 안 되는 무력의 소유자인 백아린까지.

어쩌면 각 분야에서 최고인 고수들이 이렇게 모여 있다.

단엽을 제외하고는 어쩌다 보니 만나게 된 사람들.

처음엔 그저 운이 좋았다고 생각했다. 운이 좋아 좋은 사람들을 만났고, 그들로 인해 많은 도움을 받았다고.

하지만…… 이제는 아니다.

이들을 만나게 된 것을 단순히 운이라 말하고 싶지 않았다.

그랬기에 이제는 생각한다.

이들과 함께하게 된 건 운명이었다고.

천무진이 진심을 다해 입을 열었다.

"고마워. 모두."

이 세 사람이 없었다면 자신은 결코 이곳까지 오지 못했을 게다.

천무진이 말을 이었다.

"세 사람에게 입은 은혜를 어떻게 갚아야 할지 모르겠군."

천무진의 말에 한천이 유쾌한 목소리로 입을 열었다.

"비싼 술이나 한잔 사 주십쇼."

"오, 그거 좋네. 각오하라고 주인. 엄청 비싼 걸로 먹을 테니까."

단엽이 곧장 공감하고 나섰다.

천무진은 두 사람의 대답에 다시금 실소를 흘리지 않을 수 없었다.

고마웠다.

진심으로.

천무진이 두 사람을 번갈아 바라보며 말했다.

"얼마든 사 주지. 그러니 몸이나 어서 나으라고."

천무진의 말에 한천이 씩 웃으며 답했다.

"기대하고 있겠습니다."

✻　　　✻　　　✻

이왕 이렇게 만났는데 단둘만의 시간을 가져야 하지 않겠느냐는 한천의 호들갑에, 천무진과 백아린은 떠밀리다시피 바깥으로 나왔다.

바깥이라고 해 봤자 장원 내부에 불과했지만 그래도 둘만의 시간을 보낼 수는 있었다.

어느덧 추운 겨울이 가고 조금씩 봄이 찾아오고 있었다.

두 사람은 손을 꼭 쥔 채로 얼마 남지 않은 시간을 함께 보냈다.

서로 손을 쥔 채로 나란히 걷는 것만으로도 좋았는지 백아린이 풋 하고 웃었다.

천무진이 고개를 돌려 그녀를 바라보며 마찬가지로 웃는 얼굴을 한 채 물었다.

"갑자기 왜 그래?"

"아뇨, 순간 지금이 꿈만 같다는 생각이 들어서요."

"그게 무슨 소리야?"

"사실 당신을 다시는 못 볼 거라고 생각했었는데, 이렇게 손을 잡고 걷고 있잖아요. 생각해 보면 신기하고, 또 좋아서요."

천지광이 쳐 놓았던 덫에 걸린 날.

백아린은 자신의 최후를 예상했었다. 그랬기에 다시는 천무진을 볼 수 없을 거라고 생각하기까지 했다.

물론 천무진이 나타나 자신을 구해 줬지만 말이다.

백아린이 덤덤하게 말했다.

"솔직히 아무렇지 않은 척했지만, 그날 조금 무서웠어요."

"당연한 거야. 아무리 용감한 사람이라도 죽는 게 무섭지 않을 리가……."

천무진의 말에 백아린이 고개를 저었다.

그녀가 곧바로 입을 열었다.

"물론 죽는 것도 무서웠죠. 하지만 그보다 더 무서웠던 게 뭔지 알아요? 당신을…… 다시는 보지 못할 거라는 것이었어요."

백아린의 그 말에 천무진은 잠시 침묵했다.

그녀가 하고자 하는 말의 의미를 너무도 잘 알았기 때문이다.

천무진도 백아린과 다르지 않았다.

그녀가 죽게 돼서 다시는 보지 못하게 될까 봐 얼마나 두려웠던가.

백아린을 지키고 싶다는 의지가 있었기에 천무진은 끝까지 포기하지 않았고, 덕분에 몸 안에 있는 자모충을 없애는 것도 가능했다.

천무진이 말했다.

"나도, 나도 그랬어. 당신을 잃게 될까 봐 너무 무섭더군."

천무진도 자신과 같았다는 사실에 백아린은 다시금 기분 좋은 미소를 지어 보였다.

백아린은 지금 이 모든 순간이 좋았다.

천무진이 회복돼서, 자신이 살아서 다시 그와 함께할 수 있어서.

백아린이 물었다.

"안에서 하려는 일은 잘 진행되고 있어요?"

"응, 천지광은 날 끔찍할 정도로 믿으니까. 뭐 정확하게 말하자면 내가 아닌 내 몸 안에 있을 자모충이라는 존재를 믿는 거겠지만."

"잘됐네요. 이번 기회에 제대로 한 방 먹여 주자고요."

"그래야지. 당한 것들이 있으니 이번에 고스란히 갚아 주려고."

무림맹과 마교의 무인들이 곧 도착할 것이고, 그 이후 오랫동안 얽히고설킨 이 모든 일들을 매듭지을 생각이었다.

점점 종지부를 향해 가는 싸움.

그걸 상기한 천무진이 백아린을 향해 재차 고마운 감정을 표현했다.

"고마워, 여기까지 함께해 줘서. 당신이 없었다면 절대 이곳까지 오지 못했을 거야."

어둠에 잠식되어 가던 자신을 구해 줬고, 천무진을 위해 밤낮으로 애써 줬던 백아린이다. 그녀가 없었다면 어땠을지 상상하는 것만으로도 끔찍했다.

그만큼 백아린은 천무진에게 있어 없어서는 안 될 사람이 되어 버렸다.

동료로서도, 또 사랑하는 여인으로도.

그의 고맙다는 말에 백아린이 아니라는 듯 가볍게 고개를 저으며 답했다.

"고맙긴요. 다 제가 좋아서 한 일인 걸요."

처음엔 적화신루를 키우기 위해 천무진을 도왔다.

그런데 언제부터였을까?

자신도 모르는 사이 적화신루의 이득을 떠나 진심으로 천무진을 돕고 싶다고 생각하게 된 게.

잘은 모르겠지만…… 아마 꽤나 오래된 듯싶었다.

백아린은 잡고 있던 천무진의 손을 더욱 강하게 움켜쥐었다.

함께하고 싶은 게 너무도 많다.

하지만 그 모든 건 이번 싸움이 끝난 이후에나 할 수 있는 일들이었다.

손을 꼭 쥔 채로 백아린이 입을 열었다.

"모든 일을 끝내고 따뜻한 봄이 오면…… 같이 나들이라도 갈래요?"

그녀의 말에 천무진이 웃으며 답했다.

"얼마든지."

그렇게 두 사람의 시간이 함께 흘러가고 있었다.

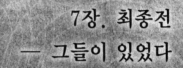

7장. 최종전
— 그들이 있었다

　형산으로 향하는 삼천에 달하는 무림맹 무인들을 이끄는
수장은 분광참혼검(分光斬魂劍) 사하봉(査夏逢)이었다.

　오십 대 중반의 나이.

　큰 키에 한겨울 서릿발을 연상시키는 차가운 외모는 마
주하는 것만으로도 절로 상대방을 위축시킬 정도다.

　다소 마른 체구에 옷으로 가려진 몸 곳곳에는 수많은 싸
움으로 인해 꽤 많은 상처가 있었고, 그런 그에게선 자연스
레 맹수 같은 느낌이 풍겼다.

　그렇지만 그 차가운 눈빛 속에는 언제나 흔들림 없는 강
고함과 우직함이 있었다.

무림맹주 추자후의 최측근이자 얼마 전까지 새외 세력과 잦은 다툼이 있던 변방을 지켜 온 인물로 우내이십일성의 한 자리를 맡고 있는 이름난 고수였다.

그리고 사하봉의 옆을 지키고 있는 건 바로 무림맹의 총군사 위지겸이었다.

십천야를 토벌하기 위한 아주 중요한 싸움.

무림의 운명이 걸려 있다고 봐도 좋을 정도로 중요한 싸움인 걸 알지만 아쉽게도 무림맹주인 추자후는 직접 나서지 않았다.

사실 마음 같아서야 백번이라도 이들을 이끌고 움직이고 싶었다.

허나 대내외적으로 이번 일은 호남성에 위치한 신월파와 은영곡의 문제가 다시금 불거지며, 그에 따른 마교와의 마찰 때문에 움직이는 상황이었다.

이런 싸움에 무림맹주가 직접 움직인다는 건 정황상 맞지 않았다.

그랬기에 추자후는 믿을 수 있는 무인인 사하봉과 십천야에 관해 자세히 알고 있는 유일한 측근인 총군사 위지겸을 함께 보내 이번 사건을 매듭짓기로 결단을 내린 것이다.

그렇게 삼천 무인을 이끌고 움직이던 두 사람은 처음엔

대외적으로 알려진 목표가 있는 방향을 따라 나아갔다. 하지만 내내 마교 쪽과 비밀리에 연락을 취하다 약속했던 장소에 이르자 곧바로 방향을 선회해 버렸다.

그렇게 무림맹의 무인들은 곧장 형산을 향해 빠르게 진군하고 있었다.

그리고 그건 마교 쪽도 마찬가지였다.

마교에서는 교내 세 손가락 안에 드는 가문인 전왕묵검가(戰王墨劍家)의 가주 채륜이 그들을 이끌고 십천야의 거점을 향해 진격 중이었다.

채륜은 천무진이 마교에 입성하자마자 그의 휘하로 들어간 인물이다. 당시 그는 천무진의 부탁에 중립의 위치를 버리고 소교주를 위해 움직인 사내로, 마교에 있을 때도 많은 부분에서 도움을 줬던 자다.

당연히 십천야에 대해 알고 있었고, 가장 믿을 수 있는 인물이었기에 소교주인 악준기는 그에게 전권을 일임했던 것이다.

그렇게 무려 육천이 넘는 정예 무인들이 형산을 향해 물밀듯 밀려들고 있는 이때.

제아무리 적화신루에게 귀문곡이 흡수당한 이후 정보력이 약해진 십천야라고 해도 이쯤 되자 이들의 목적지를 모를 수가 없었다.

처음엔 그저 자신들이 있는 방향으로 향한다, 정도로 파악했었지만 이내 그들은 확실하게 알게 되었다.

그들의 목적지가 형산이라는 것을.

이번에도 그 사실을 가장 빠르게 알아낸 건 주란이었다. 당연히 그걸 알아내자마자 천지광에게 달려가 이 같은 정보를 전달했지만, 이번에도 그는 별다른 말 없이 그저 물러가 있으라는 말만 반복했다.

그러던 중 마침내 무림맹과 마교가 형산 지척에 이르렀다는 정보가 날아들었다.

이제 무림맹, 마교의 무인들은 이 비밀 거점과 채 하루도 걸리지 않는 거리까지 근접해 있었다.

주란은 불안한 나머지 자신도 모르게 손톱을 잘근잘근 씹어 댔다.

'설마 그 두 세력이 노리는 게 우리는 아니겠지?'

순간 불안한 생각이 들었지만 이내 그녀는 고개를 저었다.

무림맹과 마교가 합심하여 움직인다는 건 솔직히 가능성이 없는 이야기다.

두 세력은 아예 궤를 달리하는 이들이니까.

십천야가 지금 두드러지게 문제를 일으키고 있다면 힘을 합칠 가능성이 조금이나마 있을 수 있겠지만 지금까진 조용히 움츠린 채로 살아온 자신들이다.

물론 뒤편으로 무림맹과 마교의 상당 부분을 집어삼키긴 했지만 이건 지금으로선 그들이 확실하게 알기 어려운 부분이다.

이런 상황에서 두 세력이 함께 힘을 합쳐 움직이는 건 불가능했다.

단 하나…… 천룡성의 부탁이 있을 경우를 제외하면 말이다.

무림맹과 마교.

절대 섞일 수 없는 그 둘을 아우를 수 있는 유일한 존재가 바로 천룡성이다. 그런 힘을 지녔기에 십천야도 천룡성을 두려워했고, 긴 시간 천운백의 제거에 힘을 쓴 것이 아니던가.

하지만 천운백은 이미 죽었고, 천무진이 십천야로 돌아온 이상 더는 그걸 가능하게 할 수 있는 존재는 전무했다.

물론 며칠 전 있었던 자리에서 주란은 정말로 천운백이 죽은 게 맞냐고 의심을 하긴 했지만, 현실적으로 그럴 가능성이 거의 없다고 생각하는 건 사실이었다.

엄청난 양의 벽력탄에 당하기도 했지만, 천운백이 이곳 비밀 거점에 대해 알 리 없을 테니까.

자리에서 일어난 주란이 천천히 방 바깥으로 걸어 나왔다.

해가 뉘엿뉘엿 지기 시작하며 형산에 점점 어둠이 찾아오고 있었다.

언제나와 같은 풍경.

그런데…… 왜 이리 두려운 걸까?

주란이 천천히 고개를 돌려 한쪽을 바라봤다.

그곳은 다름 아닌 자신들의 수장인 천지광의 거처가 있는 방향이었다.

'도대체 뭘 하려는 건지 모르겠어.'

천지광의 의중을 알 수 없었기에 너무도 답답했다.

상황이 점점 불리하게 돌아가고 있는데 아직 인근에 있는 병력들조차 불러들이지 않았다.

물론 이 비밀 거점에만 해도 엄청난 무인들이 자리하고 있다.

숫자만 해도 대략 천 명이 훌쩍 넘을 정도로 많고, 그들 대부분이 뛰어난 무공을 지닌 자들이었다.

그리고 비밀 거점에 있다는 말 자체가 오래전부터 키워진 십천야의 진짜 무인들이라는 의미였다.

그만큼 실력 하나는 뛰어났다.

다만 문제는 지금 몰려들고 있는 이들 또한 결코 만만하지 않다는 거다. 무림맹과 마교의 정예 무인들, 거기다가 숫자는 다섯 배에 가깝다.

이대로 격돌하게 된다면 자신들의 패배는 불 보듯 뻔한 일이었다.

사실 주란은 이 모든 불안이 그저 자신의 괜한 걱정일 확률이 높다 생각했다.

형산은 워낙 크고, 호남에서 알아주는 명산이니 무림맹과 마교 쪽에서 문제를 대화로 해결하기 위해 이곳을 만남의 장소로 선택한 걸 수도 있으니까.

형산은 봉우리만 해도 수십여 개가 넘는 커다란 산이다.

한마디로 형산으로 온다 해도 자신들이 표적이라서가 아닐 확률이 높다는 뜻이다. 형산은 하루에도 세기 힘들 정도로 많은 이들이 오가는 곳이기도 했으니까.

그렇게 애써 여러 가지 이유를 대며 지금 이 상황을 아무렇지 않게 보려고 했지만…….

알 수 없는 불안함.

이 불안함을 없애기 위해 주란은 직접 사람을 외부로 내보냈다. 두 세력의 표적이 무엇인지를 명확히 확인하기 위해서였다.

주란은 자신의 손바닥에 묻어 나오는 식은땀을 느끼며 애써 담담한 표정을 지어 보였다.

'……곧 알게 되겠지.'

　　　　　*　　　*　　　*

　형산은 무려 칠십이 개의 봉우리를 지닌 커다란 산이
다. 가장 큰 봉우리인 축융봉조차 다른 오악에 비해 높은
산은 아니었으나, 많은 봉우리만큼 넓이 하나는 무척이나
컸다.

　그런 형산의 초입에 무림맹의 무인들이 몰려들었다.

　그리고 멀리 떨어진 다른 방향에서는 마찬가지로 마교의
무인들이 준비하고 있었다.

　형산은 비가 자주 왔고, 안개가 자욱한 날이 많았다. 그
건 오늘도 마찬가지였다.

　해가 지고 어두운 시각. 거기다가 안개까지 산을 뒤덮고
있었으니 무인이 아니라면 한 치 앞을 분간하기 어려울 정
도였다.

　스산한 주변 환경과 무겁게 가라앉은 분위기에 이곳까
지 온 무림맹 무인들의 표정 또한 왠지 모르게 굳어져 있
었다.

　갑작스럽게 방향을 틀어 형산까지 달려왔다.

　거기다가 거리는 제법 있었지만 그리 멀지 않은 곳에 마
교의 무인들이 있다는 것 정도는 모두가 알고 있었다.

　형산을 끼고 서로 대치한 듯 자리한 두 세력.

마치 당장이라도 상대와의 싸움이 시작될 것 같은 묘한 분위기가 흐르고 있는 그때였다.

사하봉과 함께 무림맹 무인들을 이끌고 온 총군사 위지겸이 앞에 마련해 둔 높은 돌 위로 올라섰다.

삼천에 달하는 무인들이 숨죽이고 위지겸의 움직임을 예의 주시했다.

위지겸이 소리쳤다.

"무림맹 무인들은 들어라!"

내공이 실린 쩌렁쩌렁한 목소리가 삼천 명 무인들의 귓가를 파고들었다.

모두의 집중을 받으며 위지겸이 말을 이었다.

"오늘 이 자리에 우리는 중대한 사명을 가지고 나섰다."

이미 목적지가 코앞이고, 이제 더는 이곳에 온 진짜 목적을 숨길 이유도 없었다. 그랬기에 위지겸은 여태까지 감춰 온 비밀들을 수하들에게 말했다.

"잘 들어라! 모두 우리가 마교의 무인들을 막기 위해 이곳에 왔다 알고 있었겠지만, 우리의 적은 그들이 아니다! 오히려 오늘 하루 그들은 우리의 아군이다!"

위지겸의 말에 무림맹 무인들 사이에서 작은 술렁거림이 일었다. 특히나 어느 정도 연배가 있는 무인들의 안색은 급격하게 굳어졌다.

무림맹과 마교가 평화롭게 지내고 있었다고 한들, 서로를 그리 좋게 보지 않는 건 당연했다. 특히나 나이가 있는 정파의 무인들은 마교에게 어느 정도 조금씩은 원한들을 가지고 있었다.

당연히 무림맹과 마교가 뭔가를 위해 같이 움직이는 경우 또한 없었다.

그런데 그들이 아군이라고 하니 놀라는 건 당연했다. 무림맹 무인들의 혼란을 느끼며 위지겸이 빠르게 말을 이었다.

"이 산에는 오래전부터 무림을 집어삼키려던 악인들이 자리하고 있다. 그리고 마교와 함께 그들을 벌하는 것. 그것이 바로 오늘 우리가 이곳에 온 진짜 이유다."

진짜 목적을 말한 위지겸은 잠시 아래에 있는 무인들을 바라봤다.

위지겸이 이내 다시 입을 열었다.

"그들은 오랫동안 무림 곳곳에 숨어서 우리를 속여 왔고, 많은 이들의 목숨을 빼앗았다. 약한 이들을 억압했고, 강자들을 약이나 돈으로 매수하였다. 그리하여 무림맹을 비롯한 수많은 정파에 소속된 무인들이 죽거나 다쳤다. 오늘 우리는…… 그들을 섬멸하고자 한다."

정확한 상황까지는 알 수 없지만, 그것만으로 무림맹의

무인들은 대충 어떠한 일이 벌어졌는지를 짐작할 수 있었다.

주먹을 불끈 쥔 위지겸이 말했다.

"우리가 모르는 사이, 그들과 싸우던 영웅들이 있었다!"

말을 내뱉은 위지겸이 천천히 고개를 들어 올렸다.

이 자리엔 없지만 그들의 얼굴이 하나씩 떠올랐다.

천룡성의 무인인 천무진, 대홍련의 단엽과 적화신루의 백아린, 한천까지.

사실 무림맹은 이들에게 너무도 큰 은혜를 입었다.

아니…… 무림맹이 아닌 무림이 이들에게 큰 은혜를 입었다고 말해야 옳을 게다.

이들이 없었다면 이미 무림은 돌이킬 수 없는 상황이 되었을 테니까.

세상이 알아주지 않는 실로 외로운 싸움.

그런 외로운 싸움을 계속해서 해 왔고, 결국 그들이 있었기에…… 오늘 이 자리가 있을 수 있었고, 무림맹과 마교는 십천야라는 썩은 뿌리를 제거할 기회를 얻게 된 것이다.

위지겸이 재차 말을 이었다.

"오늘 우리는 그들의 의지를 받들어 이곳에 숨어 있는 사특한 이들을 모두 몰아내야 할 것이다. 이것은 바로 맹주님의 명이다!"

말과 함께 위지겸이 손에 들고 있었던 커다란 족자를 위로 치켜들었다.

펄럭!

둘둘 말려 있던 족자가 펼쳐지며 추자후가 직접 쓴 글씨들과 무림맹주의 인장이 드러났다.

쏟아져 나오는 위지겸의 말을 당황스러운 듯 듣고 있던 무림맹의 무인들이었다.

하지만 바람에 흩날리는 무림맹주의 직인을 보는 순간 그들의 눈동자에서는 흔들림이 사라졌다.

무림맹이라는 이름 아래에 똘똘 뭉친 그들이었다.

정도 무림을 대표하는 무인들.

그들의 자부심이 움직이고 있었다.

위지겸이 소리쳤다.

"선두 앞으로!"

무림맹(武林盟)이라는 글자가 적힌 깃발을 들고 있던 무인들이 서둘러 자리를 잡았다. 바람을 타고 펄럭이는 깃발로 다가간 위지겸이 대기하고 있던 사하봉을 향해 고개를 끄덕였다.

사하봉이 곧장 수하들을 향해 명령했다.

"마교보다 우리가 먼저 적들을 섬멸한다!"

와와와와와!

커다란 외침과 함께 앞장서서 달려 나가는 사하봉과 위지겸의 등 뒤로 삼천 명의 무인들이 맹렬한 기세로 따라붙고 있었다.

그리고 그곳에서 그리 멀지 않은 곳.

무림맹 무인들이 움직이는 걸 눈으로 확인한 마교의 본대를 이끄는 채륜이 입을 열었다.

"움직이는군."

몸을 돌린 그가 나지막이 중얼거렸다.

"우리 마교가 무림맹보다 늦을 수는 없지."

채륜이 손을 번쩍 들어 올려 뒤편으로 신호를 보내며 말했다.

"가자."

스스스슥.

그의 뒤편으로 삼천 명이 넘는 무인들이 귀신처럼 모습을 드러냈다. 하나같이 흉흉한 기운을 뿜어내는 무인들.

바로 마교의 정예 무인들이었다.

그런 그들이 채륜의 뒤를 따라 어둠과 안개에 휩싸인 형산 속으로 사라졌다.

무림맹과 마교의 무인 육천 명.

그들이 형산에 들어섰다.

같은 시각.

철컹.

커다란 대검을 등 뒤에 건 백아린이 천천히 자리에서 일어났다.

그녀의 옆에는 걱정스러운 표정의 한천이 자리하고 있었다. 그가 말했다.

"정말 제가 안 가도 됩니까? 그냥 저도 같이……."

"됐다니까. 부총관은 빠져."

백아린이 딱 잘라 말했다.

이제는 걷는 것도 문제가 없고, 일상생활엔 큰 무리가 없을 만큼 어느 정도 회복한 한천이었지만 아직 무공을 사용하는 건 다소 무리였다.

그랬기에 이번 싸움에서 한천은 제외하기로 했다.

그렇게 정해 놨음에도 불구하고 한천은 여전히 백아린이 걱정되는지 자리를 뜨지 못하고 있었다.

그때 옆에서 단엽의 목소리가 들려왔다.

"이번엔 백아린 말대로 해. 어차피 그 몸으로 가 봤자 도움도 안 된다고."

"으윽! 이 자식이 사람 할 말 없게 만들어 버리네."

한천이 중얼거렸다.

그러자 옆으로 다가온 단엽이 한천 어깨에 손을 두르며

입을 열었다.

"걱정하지 말라고. 나도 있고, 우리 주인도 있으니까. 거기다가 네 대장이 호락호락 당할 사람으로 보이냐?"

말과 함께 단엽이 백아린을 향해 슬쩍 고갯짓을 해 보였다. 그녀를 가만히 바라보던 한천이 장난스러운 표정과 함께 고개를 끄덕였다.

"뭐 그렇긴 하지. 저런 무식한 대검을 번쩍번쩍 드는 사람은 아마 우리 대장밖에……."

"뭐? 무식?"

눈을 부라리는 백아린의 모습에 한천이 서둘러 헛기침을 하며 거리를 벌렸다. 평소 같은 모습에 백아린이 못 말리겠다는 듯 고개를 저으며 헛웃음을 흘렸다.

자신을 걱정하는 한천의 마음을 잘 알고 있었다.

하지만 손이 모자라지도 않은 상황에 굳이 환자인 한천을 나서게 하고 싶지는 않았다. 괜히 무리를 했다가는 상태가 더 악화될 수도 있었으니까.

그랬기에 백아린이 걱정 말라는 듯 한천을 근처 자리에 앉히며 입을 열었다.

"푹 쉬고 있어 부총관. 어차피 이 싸움……."

백아린이 형산의 한곳을 바라보며 확신 어린 목소리로 말을 이었다.

"질 수가 없거든."

*   *   *

늦은 밤.

언제나처럼 천무진을 제외한 십천야 전원이 한자리에 모였다.

주란은 그들의 움직임이 이상하게 신경이 쓰여 수하들을 외부로 내보냈고, 그들을 통해 무림맹과 마교의 목표가 자신들이라는 사실을 알아냈다.

그렇게 모두가 모인 자리에서 주란은 현재 상황을 보고했다.

무림맹과 마교의 무인들이 거의 지척에 도달했고, 그들의 목표가 자신들이라는 것도.

그 사실을 전해 듣고 가장 먼저 표정의 변화를 보인 건 자운이었다.

"뭐? 무림맹이 우리를?"

자운의 안색이 새하얗게 변하는 건 당연했다.

그는 화산파의 인물이다. 거기다가 맹주 자리를 노릴 정도로 무림맹 내에서도 힘이 있고, 뛰어난 무공 실력으로 인지도 또한 지녔다.

그런 자운이 이곳에 있다가 십천야라는 사실이 들통난다면?

여태 쌓아 온 모든 것들이 무너지고야 말 게다.

이 난감한 상황에 자운이 당황하고 있을 때 주란이 서둘러 휘장 안쪽에 있는 천지광을 향해 말했다.

"어르신! 더는 여유가 없어요. 지금이라도 서둘러 결단을 내리셔야 합니다."

마음 같아서는 호남에 있는 모든 십천야 휘하의 병력들을 불러 모아 이곳에 온 무림맹과 마교에 자신들의 힘이 얼마나 강한지를 드러내고 싶었다.

하지만 이미 포위를 당해 바깥으로 연락을 넣는 것도 그리 녹록지는 않은 상황.

마음에 들지 않긴 하지만 차라리 도망쳐서 다른 거점으로 움직이는 것도 나쁘지 않았다.

주란은 뭐가 되어도 상관없으니 천지광이 이 두 가지 중 하나의 결단을 내리길 원했다.

외부에 있는 부하들을 긁어모아 싸우거나, 아니면 우선 도망치거나.

그런데…….

"천무진을 불러와라."

천지광은 바깥에 대기하고 있는 수하에게 천무진을 이곳

으로 데려오라는 명령을 내렸다.

그런 그의 행동에 주란이 도저히 이해가 안 간다는 듯 물었다.

"지금 천무진은 왜 부르시는 거죠? 시간이 없어요. 어서 외부에 있는 이들을 불러오거나, 아니면 포위망이 완성되지 않았을 때 빠져나가야 해요."

"기다리거라."

"어르신 지금은 기다릴 여유가……."

"다시 말하지 않는다. 난 분명 기다리라고 했다, 주란."

낮지만 소름 돋는 목소리.

주란은 움찔하며 입을 닫았다. 하지만 그렇다고 해서 천지광의 말에 승복한 것은 아니었다.

'망할! 노망이라도 났나. 저 노인네가 요즘 왜 이러는 거야?'

더는 못 참겠는지 주란은 속으로 천지광에게 욕설을 내뱉었다. 그의 힘에 매료되어 진심으로 천지광을 따랐던 주란이다.

하지만 요즘 돌아가는 모양새를 보면 대체 뭘 하자는 건지 모를 지경이었다.

결국 주란은 입을 꾹 닫은 채로 천무진을 기다렸고, 이내 천지광의 부름을 받은 그가 안으로 들어섰다.

천무진은 들어서자마자 짧게 천지광을 향해 예를 갖췄다.

"어르신을 뵙습니다."

인사를 건네는 천무진의 귓가로 기다렸다는 듯 전음이 날아들었다.

『천룡혼의 상태는 어떠하냐.』

급한 듯 물어 오는 질문에는 천지광의 조급함이 느껴졌다. 그걸 알기에 천무진은 속으로 웃음을 삼키며 준비해 둔 말을 건넸다.

『한 시진이면 완성됩니다.』

『……확실하더냐?』

『물론입니다.』

천무진은 한 치의 망설임도 없이 답했다.

그 대답을 듣는 순간 천지광의 머리가 빠르게 회전했다.

'한 시진이라면 아무런 문제도 없겠군.'

사실 천지광은 주란과 달리 전혀 급하지 않았다.

무림맹과 마교의 무인들이 자신들의 비밀 거점을 포위한다 해도 전혀 위험을 느끼지 않았기 때문이다.

천무진은 곧 천룡혼을 완성시킬 것이고 그 순간 현재의 모든 것은 그 의미가 없어질 테니까.

다만 문제는 그전까지 자신을 들들 볶아 댈 저 두 명이었다.

마음 같아서는 그냥 아예 죽여서 시끄러운 입을 막아 버릴까 싶은 생각도 없잖아 있었지만…….

'굳이 그럴 필요는 없지.'

괜히 문제를 일으키기보다는 조용히 상황을 넘기는 쪽이 더 낫다 여긴 천지광이었기에 그는 자연스레 거짓말을 내뱉었다.

"다 모였으니 이제 앞으로의 계획에 대해 이야기해야겠군. 내가 아무런 것도 하지 않는 것 같아 다들 걱정이 많겠지만 사실 모두 준비해 두었다."

천지광의 그 말에 자운과 주란의 표정이 한결 밝아졌다.

지금 이 상황에 잔뜩 걱정을 하던 두 사람이다.

그걸 알기에 천지광은 둘을 향해 걱정 말라는 듯 있지도 않은 사실을 꺼내어 거짓말을 이어 갔다.

"너희들에게 말하지 않았는데 사실 며칠 후 이곳으로 내가 명령을 내린 십천야의 무인들이 돌아올 것이다. 그때 그들과 함께 이곳으로 올 무림맹과 마교의 쓰레기들을 모두 쓸어버리도록 하지."

"그, 그게 언제입니까. 어르신."

지금 이 상황에 전전긍긍하던 자운이 급히 물었다. 그러자 천지광이 걱정 말라는 듯 그 질문에 답했다.

"놈들이 움직인다는 소식을 듣고 만약에 사태를 대비하여 바로 연락을 넣어 놓았으니…… 얼추 이틀 정도면 될 것 같구나."

이미 무림맹과 마교의 무인들이 형산에서도 비밀 거점이 자리하고 있는 봉우리를 겹겹이 포위한 상태였다.

언제 들이닥쳐도 이상할 게 없는 상황이란 의미다.

그런데 아군이 도착하는 데까지 필요한 시간은 이틀.

허나 이틀이라는 시간이 걸린다는 것에 걱정을 하는 이들은 아무도 없었다.

그건 바로 이 비밀 거점이 워낙 견고하게 감춰져 있기 때문이었다.

외부에서 억지로 진법을 열고 들어오려면 며칠의 시간이 있어도 모자랄 게다. 게다가 그 또한 숨겨진 진법의 위치를 찾은 이후의 이야기니, 그 시간까지 포함한다면 충분히 열흘 이상을 이곳에서 버틸 수 있는 상황이었다.

그 사실을 알기에 아군 병력이 도착하는 데 이틀이 걸린다는 천지광의 말에 두 사람은 걱정하기보다는 안심했다.

이제야 걱정을 지운 채로 편안한 표정을 짓고 있는 두 사람을 향해 천지광이 말했다.

"오래들 기다렸구나. 이제 곧 우리 십천야가 세상에 나갈 때가 온다. 내 너희의 고생을 모두 보상해 주도록 하지."

"고생은요. 당연히 해야 할 일을 한 것뿐인걸요."

주란이 밝아진 목소리로 답했다.

그 순간 옆에 있던 자운이 빠르게 대화에 끼어들었다.

"어르신, 오랜 기간 참아 왔던 십천야가 세상에 나갈 날이 왔는데 축배라도 들어야 하는 것 아닌지요."

"축배?"

"예. 오랜 대업이 진정으로 시작되는 날 아니겠습니까. 이런 날은 당연히 기념해야지요."

자운의 말에 휘장 안에 홀로 자리하고 있던 천지광의 입가에 비웃음이 맺혔다.

대업? 뭐 맞는 소리다.

서로 생각하는 그 대업이라는 것이 너무도 다른 게 문제였지만.

과거로 돌아가는 순간이 고작 한 시진도 남지 않은 지금, 천지광 또한 무척이나 떨렸고 설레었다. 그러던 차에 제안해 온 축배를 들자는 자운의 이야기는 그 또한 나쁘지 않았다.

천지광이 고개를 끄덕이며 답했다.

"그래. 이런 좋은 날에 술이 빠질 수는 없는 법이지. 여봐라! 술상을 준비하라!"

천지광의 명령에 바깥에 대기하고 있던 수하가 빠르게 움직였다. 그리고 이내 몇몇 이들이 술상을 든 채로 천지광의 집무실에 모습을 드러냈다.

각자의 자리에 앉은 채로 십천야들 모두가 술상을 마주했다.

휘장 안쪽에서 천지광이 술잔을 높게 들어 올렸다.

"……오랜 염원을 위하여."

그 말과 함께 천지광은 곧장 술을 목구멍으로 털어 넣었다. 뜨거운 열기가 순간적으로 몸 안에 가득 찼다.

참으로 오래 기다려 왔던 일이다.

과거로 돌아갈 것이고, 이번 생의 과오를 반복하지 않을 게다. 그 무엇 하나 빼앗기지 않고 모든 걸 가지고야 말 것이다.

천룡성마저 발아래 두는 진정한 무림의 주인!

그리고 그렇게 될 시간이 조금씩 다가오고 있었다.

그 사실이 마음에 들었는지 술잔을 쥔 그의 입가가 미소로 번들거렸다.

그렇게 휘장 안쪽에서 천지광이 혼자만의 기쁨에 젖어 있는 사이.

술잔을 쥔 천무진이 천천히 잔을 입가에 가져다 댔다.

제법 술자리가 길어지며 분위기가 달아오른 무렵이었
다.

다급한 발걸음 소리가 천지광의 집무실로 향하고 있었
다. 앞으로 펼쳐질 미래에 대한 기대와 술기운에 한껏 기분
이 좋아졌던 그가 집무실 안으로 뛰어 들어와 무릎을 꿇는
수하를 바라보며 입을 열었다.

"무슨 일이냐?"

"어, 어르신 진법이 뚫렸습니다!"

그 한마디에 여태까지 기분 좋게 올라 있던 술기운이 순
식간에 날아갔다.

"······뭐라고?"

벌떡.

놀란 듯 휘장 안에 앉아 있던 천지광이 서둘러 몸을 일
으켜 세웠다. 놀란 건 그뿐만이 아니었다. 마찬가지로 웃
으며 즐기고 있던 자운과 주란의 표정 또한 순식간에 굳어
졌다.

진법이 뚫리다니?

그건 불가능한 일이었다.

겨우 이 정도 시간이라면 찾아내는 것조차 불가능한 게

정상이거늘, 거처를 숨겨 놓은 진법을 찾은 것뿐만이 아니라 그걸 파훼하고 안으로 들어왔다니. 당연히 믿기 어려웠다.

자운이 다급히 입을 열었다.

"헛소리! 이곳을 지키는 진법을 외부에서 이리 빠르게 부수는 건 불가능하다! 네놈이 헛소리를 지껄이는구나!"

"제, 제가 직접 봤습니다! 진법이 깨졌고, 그곳을 통해 무림맹과 마교의 무인들이……."

"헛소리하지 말래도! 내 이놈을……."

자운이 화를 못 참고 검을 뽑아 들려는 그때였다.

갑작스러운 수하의 보고에 멍하니 서 있던 주란이 입을 열었다.

"설마…… 내부?"

주란의 그 중얼거림에 자운이 움찔했다.

아까 그의 말대로 외부에서 아무것도 모르고 진법을 파훼하려 했다면 꽤나 긴 시간이 소요되었을 터다. 그런데도 불구하고 이토록 빠르게 내부로 진입했다는 건…… 진법을 파훼한 것이 아니라 내부에서 열어 주었다는 의미였다.

자운이 손으로 술상을 내려쳤다.

쾅!

술병이 넘어지며 그의 손은 술로 엉망이 되어 버렸다.

상황 파악을 끝낸 자운이 이를 악문 채로 말했다.

"내부에 간자가 숨어 있었구나!"

"서둘러 조치를 취해야 합니다. 최대한 입구에서 막고는 있지만 이대로 가다가는 곧 수비벽이 뚫리고 뒤쪽에 있는 나머지 무인들 모두가 진법 안으로 들어오게 될 겁니다."

수하의 다급한 보고.

그렇지만 지금 천지광은 그것보다 다른 부분에 더욱 신경을 쓰고 있었다.

적들이 침입했다는 말에 그는 서둘러 천무진을 향해 전음을 날리는 중이었다.

『천룡혼은 얼마나 남은 게냐?』

『이 각 반 정도 남았습니다.』

대답을 들은 천지광은 곧장 작게 고개를 끄덕였다.

과거로 돌아가기 전에 진법이 뚫리는 건 예상 밖의 일이었다.

하지만…….

'상관없겠군. 어차피 나에겐 이 각 반 정도의 시간만 있으면 충분하니까.'

지금 이곳 비밀 거점에 자리하고 있는 무인들과 눈앞에 있는 십천야의 생존자인 자운과 주란까지.

이들이 있다면 필요한 시간 이상을 버는 건 충분했다.

천지광은 자신에게 필요한 시간을 벌기 위해 두 사람을 향해 소리쳤다.

"자운! 주란! 두 사람은 당장 움직여 적들을 막아라!"

"그렇지만 지금 병력으로는……."

적의 숫자는 육천이고, 자신들은 기껏해야 천이삼백 명 수준에 불과하다. 이대로 싸운다는 건 결국 패배를 하게 될 거라는 의미였다.

주란의 말이 떨어지기 무섭게 기다렸다는 듯 천지광이 말을 자르며 답했다.

"걱정하지 말거라! 곧바로 연락을 취해서 근방에 도착해 있던 무인들을 불러 모을 생각이다. 확실한 승리를 위해 보다 많은 수하들이 온 다음에 싸우려 했거늘, 이런 식으로 나온다면 다소 피해를 감수하는 수밖에. 대기시켜 놓은 무인들에게 연락하고 나도 움직이도록 하지. 그러니 두 사람은 그때까지 어떻게든 적들의 진입을 막도록!"

천지광이 자연스럽게 거짓말을 내뱉었다.

애초에 연락을 한 적이 없거늘, 근방에서 대기하고 있는 무인들이 있을 리 만무하지 않은가.

그저 이 두 사람이 시간을 끌도록 거짓말을 한 것뿐이었다.

천지광의 명령이 떨어지자 자운이 다급히 자리에서 일어났다.

"크읏! 그럼 명하신 대로 하겠습니다."

적의 침입을 보고한 수하와 함께 서둘러 나서는 자운의 뒤로 주란이 엉거주춤 일어났다.

그런 그녀를 향해 천지광이 말했다.

"서두르거라! 나도 곧장 갈 테니."

"……네. 어르신."

말과 함께 주란이 몸을 돌려 집무실을 빠져나갔다.

두 사람이 나서자 서둘러 연락을 취할 것처럼 굴던 천지광이 그 자리에 그냥 주저앉았다. 그러고는 아무렇지 않게 앞에 놓여 있던 술잔을 들어 올려 다시금 입가에 가져다 댔다.

그런 그를 향해 천무진이 입을 열었다.

"급히 연락을 취하신다고 하지 않으셨습니까?"

"신경 쓸 필요 없다. 방금 전에 상황을 보고하러 왔던 녀석에게 전음으로 모든 명령을 내려 두었으니까. 내가 다 생각한 바가 있어서 이러는 것이니 너는 신경 쓰지 말고 천룡혼의 완성에 더욱 집중하도록 하거라."

천지광의 검은 속내를 모두 알고 있는 천무진이었다. 그렇지만 그는 아무것도 모른다는 듯 고개를 끄덕이며 입을 열었다.

"예, 어르신."

*　　　*　　　*

밖으로 나선 주란은 슬쩍 뒤편을 바라봤다.

방금 전까지 자신이 있었던 천지광의 집무실이었다. 그런데 그 집무실을 바라보는 주란의 표정이 뭔가 묘했다.

'인근에 병력을 대기시켜 놨다고?'

천무진에게 당해 귀문곡이 무너진 이후 십천야의 정보력은 눈에 띄게 약해졌다. 그 이후로 그나마 십천야의 정보를 도맡고 있던 건 주란과 그녀가 이끄는 홍화루였다.

그들의 정보력이 여타 손꼽히는 정보 단체에 비해 많이 모자라긴 했지만 그렇다고 해서 아예 귀머거리에 장님은 아니었다.

홍화루는 적당한 정보력을 지닌 정보 단체였다.

그랬기에 알고 있었다.

최소한 이 인근에…… 복귀한 십천야의 부대는 아무도 없다는 걸.

그걸 알기에 방금 전 방에서 나서기 직전에도 머뭇거렸던 거다.

'대체 왜 거짓말을 한 거지?'

천지광이 자신들을 속인 이유를 도저히 짐작할 수가 없었다.

얼마 전부터 그는 십천야에 전혀 관심이 없는 사람처럼 행동했다. 마치 모든 게 사라져도 상관없다는 듯이 말이다.

그랬기에 이해가 안 됐다.

수십 년을 키워 온 십천야가 망가지는데 대체 왜 천지광은 이토록 덤덤한 것일까?

잠시 머리를 쥐어짜 봤지만 주란으로서는 딱히 이유를 알 수 없었다.

하지만 지금은 이렇게 고민이나 하고 있을 때가 아니었다.

'그곳에 가면…… 무조건 죽어.'

어차피 지원 병력은 없다. 그렇다면 반의반도 안 되는 숫자로 적들과 싸워 봐야 장렬하게 죽는 것 외에 다른 미래는 도저히 그려지지가 않았다.

진법에 감춰진 공간이라 안전하다 생각했다.

하지만 상황이 이렇게 되니 형편은 완전히 달라졌다.

오히려 자신들이 진법 안에 갇혀 버린 꼴이 된 것 아닌가.

주란은 빠르게 머리를 굴렸다.

그리고 그녀의 선택은……

'이곳에서 빠져나가야겠어.'

천지광이 무슨 생각인지는 도저히 모르겠다.

하지만 지금 상황에서는 모두가 죽게 될 것이 불 보듯 뻔했다. 그렇다면 차라리 진법을 통해 안쪽으로 들어와 한창 싸우고 있는 지금이 그나마 포위망이 느슨할 것이다.

시기를 놓치면 이내 포위망은 천라지망처럼 견고해질 것이고, 그때는 제아무리 주란이라고 해도 빠져나가기 어려웠다.

우선은 도망쳤다가 상황을 보고 혹시라도 천지광이 뭔가 준비해 둔 것이 있다 여겨지면 돌아오고, 아니면 이곳에서 최대한 멀리 도망쳐야만 했다.

마음을 정한 순간 주란은 몸을 돌렸다.

서둘러 도망쳐야 하는 순간이지만 그 전에 하나 챙겨야 할 것이 있었다.

그건 바로 홍화루에 연관된 이들을 명단으로 작성해 둔 비밀 장부였다.

홍화루는 십천야에게 커다란 힘의 원천이었다.

그리고 그 힘을 계속해서 사용하기 위해서는…… 장부가 필요했다.

오늘을 기점으로 십천야가 무너진다면 주란 또한 자신이 지닌 힘의 많은 걸 잃게 될 것이다. 하지만 그 비밀 장부만 손에 쥐고 있다면 다시금 재기하는 건 그리 어렵지 않은 일이었다.

정파나 사파, 마교의 많은 이들이 지금처럼 자신의 말에 쩔쩔매게 될 테니까.

거기다가 홍화루에서 사용되는 강렬한 아편의 제조법을 아는 이들 또한 그녀가 관리하고 있으니 더더욱 문제가 적었다.

주란은 서둘러 자신의 거처로 달려갔다.

시간이 없었다.

달리는 와중에도 주란은 지금 이 비밀 거점이 무척이나 혼란스러운 상황에 처했다는 걸 알 수 있었다.

주변에서 많은 이들이 몰려드는 무림맹과 마교의 연합군을 막아 내기 위해 서둘러 진법의 입구 쪽으로 향하고 있었다.

그들을 헤치며 빠르게 걸음을 옮긴 주란은 이내 자신의 거처에 도착할 수 있었다.

그녀가 곧장 비밀 장부를 숨겨 두었던 방으로 향했다.

벌컥!

서둘러 문을 열고 들어선 그녀는 망설이지 않고 벽 쪽으로 다가갔다. 그러고는 이내 주란의 손이 며칠 전 이 방에 왔었던 천무진이 의심스럽게 눈여겨보았던 족자를 향해 뻗어졌다.

그녀는 거침없이 벽에 걸려 있던 족자를 팽개치듯 뜯어 냈다.

족자를 치우자 뒤편에는 자그마한 구멍이 있었고, 그곳에는 목함(木函) 하나가 자리하고 있었다.

주란이 황급히 그 목함을 옆구리에 끼며 막 몸을 돌릴 때였다.

"어이."

"……!"

들려오는 목소리에 주란이 움찔했다.

방을 나서기 위해 입구를 향해 몸을 돌렸던 그녀다. 그런데…… 자신의 등 뒤에서 상대의 목소리가 들려온 것이다.

상대는 자신과 한 방에 있었다.

그런데 놀랍게도 주란은 지금까지 그 사실을 알아차리지 못하고 있었다. 그만큼 상대가 고수라는 의미였다.

주란의 이마로 식은땀 한 방울이 주르륵 흘러내렸다. 그 상태로 애써 그녀가 태연한 척 몸을 돌릴 때였다.

상대의 모습이 천천히 눈에 들어왔고, 그 순간 주란의 눈동자가 크게 흔들렸다.

있을 수 없는 일이 눈앞에 벌어져 있었다.

"네, 네가 어떻게 살아……."

주란은 차마 말을 끝까지 잇지 못했다.

그곳에 백아린이 있었으니까.

얼마 전 천지광의 계획에 빠져 죽었을 거라 믿었던 그녀다. 그런데 그 당사자가 살아 있었다.

허나 놀랄 일은 그게 전부가 아니었다.

"지금 중요한 건 그게 아닐 텐데."

말과 함께 백아린이 손에 쥐고 있는 뭔가를 들어 올리며 가볍게 흔들었다.

그제야 백아린의 손에 들린 물건을 확인한 주란의 안색이 창백해졌다.

그건 아주 익숙한 서책이었다.

놀란 주란이 황급히 옆구리에 끼고 있던 목함의 뚜껑을 열어젖혔다.

그런데…….

'어, 없어?'

주란의 시선이 곧바로 백아린의 손에 들린 서책으로 향했다.

굳이 확인할 필요도 없었다.

저건 바로 지금 주란이 가지고 도망치려 했던 홍화루의

비밀 장부가 분명했다.

주란이 악에 받친 듯 소리쳤다.

"그건 내 거야! 어서 내놔!"

그녀의 고함에 백아린은 들고 있던 비밀 장부를 바로 옆에 있는 탁자에 내려놨다.

그러고는 이내 손을 등 뒤로 뻗어 자신의 대검을 움켜쥔 채로 입을 열었다.

"원한다면 가져가. 단…… 가져갈 수 있다면 말이야."

8장. 붕괴
— 눈치챘나 보네

　백아린이 가져가 보라며 책상 위에 내려놓은 비밀 장부.
그것을 바라보는 주란의 눈동자는 당연히 흔들릴 수밖에
없었다.

　저 장부만 가져갈 수 있다면 설령 천지광이 죽는다고 해
도 자신은 지금까지와 같은 큰 힘을 휘두를 수 있을 테니
까.

　저걸 가져가기 위해 바로 도망치지 않고 굳이 위험을 무
릅쓰면서까지 이곳으로 돌아오지 않았던가.

　그런데…… 가져갈 수가 없었다.

　몇 걸음만 다가가면 닿을 정도로 가까운 거리에 있는데

도 불구하고 주란은 도저히 걸음을 내디딜 용기가 나지 않았다.

백아린 때문이었다.

와서 가져가 보라고 말하는 그녀에게서 풍겨져 나오는 기운에 주란은 압도당하고 있었다.

그 사실을 알기에 주란은 분노가 치밀었다.

덩달아 처음 마주했을 때 들었던 의문이 다시금 솟구쳤다.

'분명 죽었는데……'

십천야에서 손꼽히는 고수인 반조와 매유검이 나섰고, 그 외에도 우내이십일성 둘과 야율인까지 투입된 작전이었다. 게다가 그들이 이끄는 수백에 달하는 무인들까지 함께 움직였었는데 도대체 어떻게 살아 있을 수 있단 말인가.

거기다가 분명 매유검이 죽어 가는 와중에도 백아린을 처리하는 데 성공했음을 알렸다고 했다.

이 모든 걸 종합해 봤을 때 백아린이 살아 있다는 건 말이 되지 않았다. 직접 눈으로 보고, 마주하고 있음에도 불구하고 믿기 어려운 일이었다.

하지만 주란은 백아린이 살아 있다는 사실에 놀라고 있을 여유가 없었다.

그녀가 움직이고 있었으니까.

백아린이 움켜쥐고 있던 대검을 뽑아 들었다.

스윽.

"저번에 끝내지 못한 싸움, 이번에 마무리해야겠네."

당시엔 운 좋게 반조의 도움으로 빠져나갈 수 있었지 만…… 이번엔 아니다.

대검을 든 백아린의 모습에 주란은 서둘러 자신의 검을 뽑았다.

차앙!

순간 백아린의 몸이 근처까지 치고 들어왔다.

부웅!

바람을 가르는 소리와 함께 날아든 대검이 주란을 덮쳐 왔다. 서둘러 검으로 막아 내긴 했지만…….

쾅!

밀려 나간 그녀가 벽을 뚫고 바깥으로 나뒹굴었다.

튕겨져 나간 주란을 상대하기 위해, 방금 막 생겨난 구멍 으로 백아린이 걸어 나왔다.

황급히 몸을 일으켜 세운 주란은 입가에 흐르는 피를 닦 아 냈다.

단 한 번의 격돌.

그 한 번으로 속이 뒤집혀 버린 것이다.

'……너무 강해.'

어떻게든 이 싸움에서 살아남고 빼앗긴 비밀 장부를 회수해야만 했다. 그렇지만 과거에 싸웠던 당시에도 주란은 백아린에게 일방적으로 밀렸었다.

그리고 주란에게는 끔찍하게도, 백아린은 그때보다 더욱 강해져 있었다.

천무진을 통해 잔마폭멸류를 익히게 되었으니까.

혼자서 감당할 수 없는 상대라는 걸 알기에 주란은 서둘러 주변을 둘러봤다. 그렇지만 그녀의 거처 내부에서는 별다른 조력자가 보이지 않았다.

비밀 거점이다 보니 본거지에 있을 때보다 옆에 두는 사람이 적은 것도 사실이었으나, 이렇게 단 하나도 보이지 않는 건 이상한 일이었다.

최소한 몇 명 정도는 보여야 정상이었는데…….

백아린이 대검을 가볍게 휘저으며 입을 열었다.

"또 누군가 도와주지 않을까 눈을 굴리는 모양새인데 이번엔 힘들 거야. 이미 내가 다 손을 써 놨거든."

백아린의 말을 듣고서야 주란은 상황을 파악할 수 있었다.

자신이 오기 전에 이미 이 거점에 자리하고 있던 그녀의 수하들을 제압해 둔 것이 분명했다. 게다가 외부에서 오가는 인기척이 전혀 느껴지지 않았다.

거점에 있던 무인들이 모두 무림맹과 마교의 연합군과 싸우기 위해 입구로 향해 있었던 탓이다.

그리고 설령 누군가가 지나간다고 한들 주란이 도움을 요청하기는 쉽지 않았다. 백아린이 그걸 그냥 보고 있을 리는 없을 테니까.

"이잇!"

주란이 빠르게 회전하며 검에서 검기를 뽑아냈다.

촤르르륵! 촤악!

검기들이 주변을 뒤흔들었지만 이미 그곳에 백아린은 없었다. 그녀의 대검이 하늘 높은 곳에서부터 빠르게 낙하했다.

쏴아아!

쏟아져 내리는 검강에 주란은 황급히 옆으로 몸을 날렸다. 그렇지만 그 안에 담긴 힘을 견뎌 내지는 못했는지 주란의 몸이 폭발 속으로 끌려 들어갔다.

놀란 그녀가 검을 앞으로 마구 휘저으며 상대의 힘에 저항했다.

가까스로 버텨 내는 건 성공했지만 그 순간…….

"어엇?"

갑자기 아래로 파고드는 무형의 기운을 눈치챈 주란은 자신도 모르게 비명을 토해 냈다. 그리고 바로 그때 무형의 기운이 복부를 가격했다.

퍼엉!

폭발음과 함께 주란의 몸이 허공으로 붕 떴다가 이내 곤두박질쳤다.

가까스로 허공에서 균형을 잡으며 바닥에 착지하긴 했지만, 입에서는 연달아 피를 토해 냈다.

"우읍! 웩!"

피를 토하면서도 주란은 숨 돌릴 틈조차 없었다.

백아린이 다시금 치고 들어왔기 때문이다. 그녀의 몸 주변으로 솟구치는 강기들이 주란을 향해 매섭게 날아들었다.

콰콰콰콰쾅!

서둘러 호신강기를 불러일으켜 충격을 완화시키긴 했지만 주란은 바닥을 나뒹굴어야 했다. 억지로 몸을 일으켰으나, 이미 그녀의 두 다리는 후들거리고 있었다.

시간을 끌 싸움이 아니라 생각한 백아린이 처음부터 내력을 집중시키며 공격을 쏟아부었고, 그걸 감당하기에는 둘 사이에 실력 차가 너무도 컸다.

강한 타격을 입은 탓인지 주란의 이마에서는 연신 피가 흘러내렸다.

시야를 가릴 정도로 많은 양의 피였다.

주란은 이를 악물었다.

'어떻게든 죽여야 하는데······.'

허리를 굽힌 채로 비틀거리던 주란이 자신을 향해 다가오는 백아린을 향해 힘겹게 고개를 치켜들었다.

자신은 꽤나 타격을 입은 상태인데 상대에게는 상처 하나 주지 못했다.

상황이 좋지 않아지자 다시금 머리가 복잡해졌다.

동시에 몇 가지 의문들이 들기 시작했다.

백아린이 어떻게 죽지 않고 살아 있는지는 어차피 고민해 봤자 답이 나오지 않을 거라는 생각에 이미 머리에서 지웠다.

지금 궁금한 건 대체 어떻게 백아린이 자신의 거처를 이토록 빠르게 찾아내서, 숨겨 놓은 비밀 장부까지 손에 넣을 수 있었냐는 거다.

말대로 이곳은 비밀 장소.

외부인이 주란의 거처를 찾아낸다는 것 자체가 불가능한 일이었다.

게다가 비밀 장부의 위치도 측근에게조차 발설하지 않고 숨겨 뒀었다. 그런 걸 이곳에 처음 오는 상대가 단번에 찾았다는 것이 더욱 의문이었다.

주란의 거처야 내부의 조력자가 알려 줬다고 해도 대체 비밀 장부의 위치는 어떻게······.

바로 그 순간 주란의 머리를 번개처럼 스치고 지나간 하나의 생각이 있었다.

그녀가 놀란 듯 고개를 치켜들었다.

최근 들어 의아해했던 수많은 의문이 있었다. 그런데 지금 이걸 떠올리자, 그것들 중 절반 이상이 모두 해결됐다.

주란이 놀란 듯 입을 열었다.

"설마 내부의 조력자가 그……."

"눈치챘나 보네."

백아린이 터벅터벅 다가왔다. 그러고는 이내 대검을 높게 치켜든 채로 말을 이었다.

"하지만 너무 늦었어."

*　　　*　　　*

"막아! 어떻게든 막아!"

선두에 선 채로 검을 휘두르고 있는 자운은 목소리를 높여 옆에 있는 수하들에게 명령을 내렸다.

진법을 통해 열린 문으로 무림맹과 마교의 연합군이 쏟아져 들어오고 있는 상황이었다. 그들에게 얼굴을 감추기 위해 자운은 마치 매유검처럼 장포를 눌러 쓴 채로 싸우고 있었다.

차기 무림맹주 후보 중 유력한 인사인 자운이다.

이곳에서 정체를 들켜서는 안 됐다.

선두에서 적들과 치열한 싸움을 벌이는 자운의 표정이 착잡했다.

'점점 많아지는군.'

진법의 문은 시간이 지날수록 점점 커지고 있었고, 그 말은 곧 더 많은 숫자의 무인들이 한 번에 쏟아져 들어오게 될 거라는 의미였다.

지금도 이렇게 밀리면서 간신히 버티고 있는데, 더욱 많은 숫자의 무인들이 들이닥치게 된다면 그때는……

'대체 지원군은 언제 오는 거야!'

곧 지원군이 올 거라는 천지광의 말이 새빨간 거짓말이라는 걸 모르는 자운은 그 말에 온 희망을 걸고 있었다.

자운은 자신에게 달려드는 상대를 향해 재빨리 검을 움직였다.

스스스슥! 픽!

한 명의 상대를 곧장 쓰러트린 자운은 이내 옆에 있는 수하들을 향해 빠르게 손짓으로 명령을 내렸다.

무너지기 시작한 쪽에 보다 많은 무인들을 투입해 어떻게든 시간을 끌려 한 것이다. 그렇지만 그런 자운의 계획과는 달리 그곳이 순식간에 무너져 내렸다.

진법을 통해 뒤이어 들어온 일련의 무리들이 정확하게 밀리고 있는 쪽을 노리고 집중 공격을 가한 탓이다.

자운이 서둘러 소리쳤다.

"버텨! 곧 지원군이 온다! 우리는 그때까지만 버티면……."

목소리를 높이며 십천야 쪽 무인들에게 힘을 불어넣던 자운이 움찔했다. 그건 이쪽으로 다가오는 한 명의 상대를 보았기 때문이다.

주변의 싸움에는 아랑곳하지 않고 오로지 자운 하나만을 보며 다가오는 상대.

'……대홍련주 단엽.'

예전에 봤을 때는 부련주였지만 이제는 사파의 거두인 대홍련을 이끄는 수장이 된 그다. 그런 단엽이 장포로 얼굴을 가리고 있는 자운을 향해 다가오고 있었다.

자운이 서둘러 수하들 사이로 몸을 감추기 위해 뒷걸음질 쳤다.

'젠장, 귀찮은 놈이니 피해야겠군.'

단엽의 실력을 직접 눈으로 봤던 자운이다. 그랬기에 안다.

그가 알려진 것보다 훨씬 더 고수라는 걸.

거기다 그 집요함까지 생각한다면 눈에 들지 않도록 피하는 것이 상책이었다.

그렇게 수하들 사이에 숨은 채로 명령을 내리려던 자운이었다.

그때였다.

"자운!"

자신의 이름을 부르는 단엽의 외침에 자운이 움찔했다. 처음엔 그저 자신을 찾는 것이기를 바랐다.

허나 단엽의 시선이 향한 곳에는…… 자신이 있었다. 장포로 얼굴을 가리고 있었거늘 단엽은 자신의 정체를 정확히 알아차렸던 것이다.

이름까지 거론되자 자운의 안색이 더욱 굳어졌다.

자신의 미래를 위해 정체를 드러내고 싶지 않았다.

그런데 단엽이 자신의 이름을 목청 높여 부른 것이다.

모두에게 똑똑히 들으라는 듯이.

'저 새끼가 다 꼬이게 만드는군.'

챙챙챙!

주변에서는 수많은 무인들이 서로를 향해 칼을 휘두르고 있었고, 격한 전투로 소란스러웠다.

그렇지만 마주한 단엽과 자운, 둘 사이에는 묘한 침묵이 감돌았다.

자운이 별다른 대꾸를 하지 않자 조금 더 가까이 다가선 단엽이 입을 열었다.

"언제까지 모른 척할 거야? 계속 널 찾아다닌 사람한 테."

"……넌 내뱉어선 안 될 이름을 입에 올렸다, 단엽."

어차피 속일 수 없는 상대다.

그리고 이미 많은 이들이 자신의 이름을 들었을 터.

또한 처음부터 이곳 십천야의 비밀 거점에 발을 들인 자 들의 운명은 정해져 있었다.

죽음.

모두 죽어서만 이곳을 나갈 수 있었다.

자운이 얼굴을 가리고 있던 장포를 뒤로 젖혔다. 그렇게 드러난 자운의 얼굴.

주변에서 싸우고 있던 무림맹의 무인들 중 일부가 자운 의 얼굴을 보고는 깜짝 놀랐다. 그는 무림맹을 대표하는 인 물 중 하나였으니까.

그런 그가 이곳에 있다는 건 분명 충격적인 사실이었다.

허나 자운은 아랑곳하지 않고 입을 열었다.

"내 얼굴, 마음껏들 보라고. 어차피 모두 죽이면 그만이 니까."

말과 함께 자운에게서 쏟아져 나온 진득한 살기가 주변 을 뒤덮었다. 순간 주변에 있던 무림맹과 마교 무인들의 몸 이 딱딱하게 굳었다.

그때였다.

파아앙!

자운과 마주하고 있던 단엽이 자신의 내력을 쏟아 냈다. 그러자 순간적으로 무림맹과 마교 연합군들의 몸을 옥죄던 살기가 밀려 나갔다.

자운이 차가운 시선으로 단엽에게 시선을 돌렸다.

눈동자를 마주한 상태에서 단엽이 입을 열었다.

"네가 다른 모두를 죽이는 일은 벌어지지 않을 거야. 넌 나한테 죽을 거거든."

자신을 죽일 거라는 단엽의 말에 자운이 꿈틀했다.

그때 화산파에서 죽여 놓았다면 좋았을 것을, 하필이면 천무진의 방해로 단엽이 날뛰는 걸 그냥 지켜봐야만 했다.

당시에도 단엽을 그냥 보낸 것이 못내 아쉬웠는데, 지금 와서는 더욱 깊게 후회가 됐다.

자운이 뿌드득 이를 갈며 입을 열었다.

"……처음부터 네놈이 마음에 들지 않았었다, 단엽."

불쾌함이 담긴 목소리로 말을 해 오는 상대를 향해 단엽이 히죽 웃으며 답했다.

"맘이 통한 것 같은데? 나도 그랬거든."

말과 함께 단엽이 주먹을 불끈 쥐어 보였다.

그러고는 단엽이 곧장 말을 이었다.

"덤벼. 박살 내 줄게."

*　　　　*　　　　*

단엽이 낀 권갑에는 불꽃이 넘실거렸다.

피어오르는 열기, 곧 단엽과 자운 사이에서 매섭고 강인한 기운이 휘몰아쳤다.

천하를 뒤흔들 정도로 엄청난 고수들 간의 격돌.

그 싸움은 주변의 모든 것들을 파괴했다.

콰앙! 쾅!

둘이 움직이는 공간을 따라 땅에는 커다란 구멍이 생겨났고, 인근에 있는 나무나 건물들은 버텨 내지 못하고 산산조각이 났다.

단엽의 주먹이 공간을 파고들었다.

퍼엉!

열화폭뢰(熱火爆雷)의 초식이 펼쳐지며 근거리에서 커다란 폭발이 일었다. 자운 또한 그 폭발에 휘말리긴 했지만 재빠른 움직임으로 큰 피해 없이 빠져나올 수 있었다.

동시에 그의 손에 들린 검이 요동쳤다.

화산파의 무공이 순식간에 쏟아져 나왔다. 이십사수매화검법이 빠르게 단엽을 덮치고 들어갔다.

단엽은 물러서지 않고 밀려드는 검을 향해 주먹으로 맞섰다.

콰콰쾅!

주먹과 검이 충돌하며 사방으로 불꽃이 튀었다.

서로를 죽일 듯이 쏟아 내는 둘의 공격은 무척이나 치명적이고, 빨랐다.

둘 사이에서 뿜어져 나온 기운으로 인해 주변에 있던 다른 무인들마저 밀려 나갔다.

순간 뻗어져 나간 단엽의 주먹이 찔러 오는 검을 밀쳐 내며 자운에게 틀어박혔다. 그리고 그 공격은 한 번으로 그치지 않았다.

기회를 잡은 단엽의 주먹이 자운을 연달아 후려쳤다.

퍼버버버벅!

순식간에 파고드는 주먹에 자운은 서둘러 호신강기를 불러일으켰다. 하지만 그렇다고 해서 연달아 치고 들어오는 단엽의 공격을 아무런 피해도 없이 막을 수 있을 리 만무했다.

콰앙!

밀려 나간 그가 사정없이 바닥을 구르는 사이.

번쩍.

하늘로 치솟아 오른 단엽이 주먹을 있는 힘껏 뒤로 잡아

당겼다.

열화낙뢰(熱火落雷)의 초식이 순식간에 쏟아졌다.

주먹에 맺힌 붉은 불꽃이 유성우처럼 떨어져 내리며 쓰러져 있는 자운을 덮쳤다.

콰쾅! 콰앙! 쾅!

쓰러져 있던 자리가 모두 산산조각 나는 그때 그 사이에서 자운이 날아오르고 있었다. 빠르게 휘몰아치는 공격에 타격을 입긴 했지만 그래도 아직까지 그는 건재했다.

그의 검이 빠르게 단엽의 팔뚝을 베고 지나갔다.

투둑.

바닥에 착지한 단엽이 슬쩍 자신의 팔을 내려다봤다. 권갑이 있는 곳을 조금 지나서부터 어깨 직전까지. 제법 긴 검상이 생겨나 있었다.

자운은 십천야들 중에서도 강한 편에 속한 인물이다.

백아린에게 일방적으로 당하고 있는 주란과는 실력 차가 무척이나 컸다.

다친 상처를 보며 단엽은 오히려 유쾌한 듯 웃음을 흘렸다. 슬쩍 몸을 돌려 바라본 뒤편에는 검을 든 채로 자신을 마주하고 있는 자운이 있었다.

그렇지만 자운 또한 완전히 멀쩡한 상태는 아니었다. 연달아 쏟아지는 공격에 일차적으로 타격을 입었고, 이어서

팔을 베고 지나가는 순간 쏟아 낸 공격으로 인해 목 부분이 붉게 물들어 있었다.

단엽의 손바닥에 맞은 흔적이었다.

자운은 손으로 목을 어루만졌다. 가볍게 스친 것 같았는데 마치 목에 살점이 떨어져 나간 것처럼 화끈거렸다.

자운이 단엽을 바라보며 이해가 안 된다는 듯한 표정을 지어 보였다.

그를 만난 이후로 반년 정도밖에 지나지 않았다.

그런데 놀랍게도 당시 봤을 때에 비해 단엽은 훨씬 더 강해진 듯한 느낌이었다.

그저 착각일까 아니면…….

순간 상처 입은 성난 맹수처럼 단엽이 달려들었다. 그의 몸 주변으로 불꽃이 회오리쳤다.

콰콰콰쾅!

순식간에 가로로 땅이 박살 나며 모든 것이 허공으로 솟구쳤다. 그 힘을 버텨 내기 위해 자운은 이를 악문 채로 내공을 끌어올렸다.

드드드드드!

자운의 몸이 뒤로 마구 밀려 나갔다.

동시에 주변으로 퍼진 뜨거운 열기가 전신을 태울 것처럼 밀려들었다.

연달아 수비에만 집중하던 자운이 빠르게 내력을 끌어올렸다. 지금까지는 대부분 화산파의 무공을 펼쳤지만, 이번엔 아니었다.

십천야를 통해 얻게 된 실전된 무공.

귀마삼도(鬼魔三道)였다.

번쩍!

허공으로 치솟은 검에 순간적으로 강기가 맺히더니, 이내 휘둘러지는 방향에 따라 세 갈래로 나뉘어져 날아갔다.

그 강기들은 지금 단엽이 있는 곳을 시작점으로 하여, 퇴로로 삼을 만한 곳까지 빠르게 조이고 있었다.

절묘한 순간 파고드는 공격에 단엽은 양손을 교차시킨 채 앞으로 몸을 내던졌다. 그의 권갑이 밀려드는 강기와 충돌했다.

콰아앗!

소리와 함께 주변으로 땅이 사정없이 솟구쳤다.

그 모습을 보며 자운의 눈동자가 빛났다.

'이번 건 제대로……!'

하지만 채 좋아하기도 전에 자운은 그 안쪽에서 꿈틀거리며 터져 나오는 힘을 막아 내야만 했다.

쿠콰콰콰쾅!

땅을 가르며 밀려드는 공격에 자운이 놀란 듯 몸을 비틀었을 때였다. 부서진 대지 사이에서 단엽의 몸이 화살처럼 날아들고 있었다.

카앙!

날아드는 주먹을 검으로 받아 냈다.

하지만 그 순간 빠르게 반대편 주먹이 얼굴에 틀어박혔다.

목이 홱 돌아가면서 비틀하는 와중에서도 자운의 검이 빠르게 단엽의 옆구리를 베고 지나갔다. 그렇지만 그 순간 솟아오른 단엽의 발이 그대로 자운의 어깨를 내리찍었다.

빠각!

뼈가 부러지는 것만 같은 기괴한 소리와 함께 어깨에서 엄청난 고통이 밀려들었다.

"으으윽!"

서둘러 거리를 벌린 자운이 손으로 어깨를 감쌌다.

다행히 손을 움직여 상처를 입히긴 했지만, 이번 공격으로 인해 어깨가 부어올랐고, 그 때문에 움직임이 더뎌질 수밖에 없었다.

단엽이 자신의 옆구리에 난 상처를 바라보다 입을 열었다.

"제법이네. 하지만 말이야…… 그때 그 녀석보다는 약해."

정체 모를 누군가를 지칭하며 자신을 그보다 약하다고 말하는 단엽에 자운이 울컥하며 되물었다.

"그 녀석?"

단엽이 고개를 끄덕이며 말을 받았다.

"얼마 전에 너희 십천야들 중에 한 명이랑 싸웠거든. 이름이 뭐라고 했더라. 반조라고 했던 거 같은데?"

반조라는 이름을 듣는 순간 자운은 움찔했다.

그가 백아린과 한천을 제거하기 위해 나섰다가 죽었다는 사실은 전해 들었다. 당시엔 뒤늦게 나타난 대홍련으로 인해 죽었다고만 생각했다.

그런데 생각해 보면 이 단엽이라는 사내는 결코 싸움을 피하는 인물이 아니었다.

아마도 반조는 단엽과 일대일로 붙었을 게다.

그리고 그 상황에서 반조는 죽었고, 단엽이 이리도 멀쩡하게 살아 있다는 것의 의미는…….

'반조보다 이놈이 더 강하다고?'

반조는 천지광이나 천무진을 제외한 나머지 십천야들 중에서 최고로 강하다고 해도 손색이 없는 사내였다.

인정하고 싶지 않지만 자운 또한 반조나 매유검에게는 한 수 접어 주지 않았던가.

그만큼 강했던 것이 반조였다.

그런 그를 단엽이 이겼다니…….

그 사실에 잠시 움츠러들었던 자운이었지만 이내 그는 실소를 흘렸다.

"큭큭, 고작 대홍련의 애송이 따위에게 이리도 골머리를 썩을 줄이야."

"어라? 방금 전에 맞은 곳이 어깨인 줄 알았는데 머리였나? 정신이 좀 어떻게 된 것 같은데."

대홍련을 우습게 보는 듯한 말투에 단엽이 곧바로 이죽거렸다.

그런 그의 말투에 자운은 잠시 불쾌한 표정을 지어 보였다.

단엽에게 뭔가 말을 쏘아 내리던 자운이었지만 순간 뭔가가 눈에 들어온 탓에 입을 닫았다. 그건 다름 아닌 열려 있는 진법의 통로였다.

무림맹과 마교의 무인들이 쏟아져 들어오게 만든 진법의 통로.

그런데 시간이 조금씩 지나며 결국 그 통로가 더욱 커져 버린 것이다. 그러자 기다렸다는 듯 바깥에서 순간적으로 더욱 많은 인원들이 쏟아져 들어왔다.

아주 찰나지만 자운은 기대를 걸었다.

무림맹과 마교의 무인들이 아닌 천지광이 말한 아군들이

나타나지는 않을까 하고 말이다.

그렇지만 그건 헛된 바람에 불과했다.

지금 쏟아져 들어오는 이들은 모두 무림맹과 마교의 무인들이었으니까.

'크으, 우리 편은 대체 언제 온다는 거야?'

천지광의 말이 거짓이라는 걸 모르는 자운은 계속해서 희망의 끈을 잡고 있었다. 그것이 썩은 동아줄이라는 사실도 모른 채로 말이다.

갑자기 쏟아져 들어오는 무인들의 숫자가 많아지자 진형이 급속도로 무너져 내리기 시작했다.

'……더는 머뭇거릴 시간이 없겠군.'

자운은 빠르게 검에 내력을 끌어올렸다.

그의 몸 주변으로 스산한 기운이 조금씩 몰려들었다. 그 분위기가 실로 묘했는데 마치 시체 수십 구를 마주한 듯한 느낌이었다.

풍겨져 오는 분위기를 보며 단엽은 지금 자운이 펼치려는 무공이 화산파의 것이 아님을 알아차렸다.

자운에게서는 사람의 오금을 저리게 만들 정도의 강렬한 힘이 느껴졌다.

하지만 상관없었다.

'네가 그렇게 나온다면야…….'

꽉 쥔 단엽의 주먹에서 뜨거운 불꽃이 피어올랐다 꺼지기를 반복했다. 동시에 모든 걸 태울 것만 같은 뜨거운 열기가 주변을 집어삼켰다.

열화신류구천아(熱火神流九川牙).

열화신공의 절초이자, 단엽이 펼칠 수 있는 최강의 초식.

반조를 무릎 꿇게 했던 초식 또한 바로 이것이었다.

순간 자운의 몸 주변으로 수십여 개의 해골 형상들이 피어올랐다. 그리고 이내 그 형상들이 매섭게 회전했다.

'이번 공격으로 죽인다!'

자운이 이를 갈며 단엽을 향해 발을 내디뎠다.

그리고 동시에 단엽이 앞을 향해 움직이기 시작했다.

머리카락을 휘날리며 미친 듯 달려 나가던 단엽.

그의 주먹에서 아홉 개의 불기둥이 뿜어져 나왔다.

콰아아아아앙!

*　　　*　　　*

쪼르르.

천지광은 조용히 술잔에 술을 채우고 있었다. 그가 잔에 채운 술을 단번에 들이켜고는 이내 같은 장소에 있는 천무진을 향해 물었다.

"천룡혼은 얼마나 남았느냐."

"일각이면 완성될 겁니다."

천무진의 대답에 천지광은 고개를 끄덕이고는 이내 목이 타는지 재차 술을 따라 한 모금 삼켰다. 물론 술이 갈증을 해결해 주지는 않았지만, 이상하게도 계속해서 목이 타는 기분이었다.

그만큼 지금 천지광은 천무진에게서 천룡혼을 받기만 목이 빠져라 기다리고 있었다.

바깥에서는 수천에 달하는 무인들이 뒤엉켜 싸우고 있었지만 천지광에게 그런 건 아무런 상관이 없었다.

어차피 일각 후에 완성될 천룡혼을 건네받고 이번 생에서의 모든 일은 여기서 끝낼 생각이었으니까.

천지광은 이상할 정도로 떨렸다.

그렇지만 그는 최대한 담담한 척 술잔을 기울이며 그렇게 시간을 보내고 있었다.

그리고 또 얼마의 시간이 지나자 다시금 물었다.

"슬슬 끝났느냐?"

"아직 조금 남았습니다."

"……."

조금 더 남았다는 말에 천지광은 손으로 얼굴을 거칠게 쓸어내렸다.

마음이 조금씩 조급해졌고, 자신도 모르는 사이 손톱을 물어뜯기 시작했다.

평소에는 없던 버릇이었다.

그렇게 손톱을 잘근거리던 천지광이 입을 열었다.

"아직도냐?"

"네, 아직입니다."

"후우우!"

이어지는 천무진의 대답에 천지광은 자신도 모르게 고개를 푹 숙인 채로 길게 한숨을 내쉬었다. 결국 그는 자리에 앉아 있지 못하겠는지 몸을 일으켜 세웠다.

그러고는 휘장 바깥으로 걸어 나와 방 안을 서성이며 불안한 듯 손으로 얼굴을 만져 댔다.

그렇게 조금의 시간이 더 흐른 후⋯⋯.

"천룡혼은?"

"조금 더 기다리시죠."

이번에도 아직이라는 천무진의 대답에 결국 천지광이 폭발했다.

"이런 망할! 아까 말한 일각이 지나도 한참은 지났다! 대체 언제 그 빌어먹을 천룡혼이 완성된단 말이냐!"

처음엔 그저 자신이 너무 조급해져서 자꾸 천무진에게 완성되었는지 확인을 한다 여겼다. 그랬기에 애써 꾹꾹 질문을 참으며 속으로 시간을 세기까지 하면서 상황을 확인했다.

그런데 일각이면 될 거라는 말과는 달리 그 시간이 지나고도 한참은 있었는데 아직도 기다리라고만 하니 부아가 치민 것이다.

천지광이 소리를 내지르며 격한 반응을 내보이는 그때, 천무진은 그 모습을 물끄러미 바라보고 있었다.

그랬다.

지금처럼 이렇게 화를 참지 못할 정도로 잔뜩 기대하는 순간을 기다렸다. 그리고 지금이라면 이미 무림맹과 마교의 무인들이 상당수 내부로 진입했을 터.

이제 더는 천지광에게 이용당하는 척 연극을 해 줄 필요가 없었다.

화를 쏟아 내는 천지광을 바라보던 천무진이 갑자기 피식 웃음을 흘렸다.

그건 명백한 비웃음이었다.

잠시 폭발했지만 애써 화를 눌러 담으며 천무진에게 말을 걸려고 하던 천지광은 그 모습을 보는 순간 천천히 얼굴이 일그러졌다.

천지광이 애써 아니길 바라며 입을 열었다.

"설마 너……."

말을 내뱉는 천지광의 목소리는 누가 들어도 알 정도로 심하게 떨리고 있었다.

모든 것이 무너졌을 때나 나올 법한 좌절감이 가득 묻어 있는 그런 목소리. 그걸 듣는 순간 그제야 천무진은 자신의 모든 계획이 완성되었음을 느꼈다.

수십 년간 십천야의 조종을 받으며 지옥을 살아왔다.

그리고 마침내 그 모든 걸 되갚아 줄 순간이 온 지금…….

천무진이 웃는 얼굴로 입을 열었다.

"어쩌지. 너한테 줄 천룡혼은…… 처음부터 없었는데."

그 한마디에 천지광의 세상이 무너졌다.

천지광이 머리를 감싸 쥔 채로 소리를 내질렀다.

"으으! 으으으! 으으으아아아아아!"

9장. 최후

— 용이 되고야 말았구나

천지광의 눈에 핏발이 섰다.

눈동자의 흰자위는 새빨갛게 물들었고, 눈빛에는 독기가 서렸다.

천지광에게 있어 천룡혼은 인생의 전부였다.

천룡혼을 받아 과거로 돌아가 모든 것을 되돌릴 생각이 었다. 추하게 늙어 버린 지금의 삶은 버리고, 누구보다 빛나는 절대자의 인생을 살고자 했다.

그런데…… 그 꿈이 무너져 내리고 있었다.

바로 눈앞에서 자신을 향해 비웃음을 가득 머금고 있는 저놈 때문에.

"천무지이이인!"

자신을 향해 버럭 소리를 내지르는 천지광을 바라보던 천무진이 귀를 어루만지며 말했다.

"좀 작게 말해. 네 역겨운 목소리를 듣는 것만으로도 충분히 힘들거든."

자신을 향해 모욕적인 언사를 내뱉는 천무진을 보며 천지광은 자신의 예상이 틀리지 않았음을 다시 한번 확인할 수 있었다.

눈으로 직접 보고 있지만, 도저히 믿기 어려웠다.

대체 어떻게 천무진이 자신의 손아귀에서 벗어날 수 있었던 걸까? 그에겐 여왕자모가 심어져 있었고, 거기에 어린 시절부터 주입되다시피 한 섭혼술까지 걸려 있었다.

결코 벗어날 수 없는 주술.

그랬기에 믿었다.

하지만 그 막연한 믿음이 지금 돌이킬 수 없는 상황을 만들어 냈단 걸 천지광은 절절히 느끼고 있었다.

모든 것이 무너져 버린 지금, 그랬기에 알고 싶었다.

"대체 언제부터냐? 언제부터 내 손아귀에서 벗어났던 거지?"

"네놈이 적화신루의 두 사람을 죽이려 했던 그때부터."

대답을 듣는 천지광의 표정이 다시 한번 변했다.

까맣게 모르고 있을 거라 여겼다. 그런데 천무진은 자신이 그 두 명을 죽이려 했다는 사실조차 알고 있었다.

그런데 이토록 태연하게 말을 내뱉고 있는 모습을 보고 있노라니 천지광은 직감할 수 있었다.

그 두 사람이 살아 있다는 사실을.

그제야 천지광은 어떻게 바깥에서 무림맹과 마교가 이토록 철두철미하게 움직일 수 있었는지도 알아차렸다.

안쪽에선 천무진이.

바깥에서는 적화신루가 움직였던 게다.

도저히 이해가 안 간다는 듯 천지광이 물었다.

"어떻게 몸 안에 있는 자모충을 없앤 거지?"

"지금 그런 걸 궁금해할 때가 아닐 텐데. 네가 만들어 놓은 십천야가 갈가리 찢겨 나가고 있거든."

말과 함께 천무진이 슬쩍 입구를 바라봤다.

지금 이 시간에도 무림맹과 마교의 연합이 십천야의 비밀 거점을 휩쓸고 있을 것이다. 거기다 백아린과 단엽, 그리고 그를 따라온 대홍련 무인들 또한 천무진의 부탁대로 움직이고 있을 터.

애초부터 천무진은 이 싸움을 위해 천지광의 조종에서 벗어난 후로도 계속 이곳에 머물렀다.

그렇게 해서 만든 완벽한 기회.

진법이 열리며 무림맹과 마교의 무인들이 내부로 들이 닥친 그 순간부터 이 싸움의 승패는 이미 정해져 있는 것과 다름없었다.

남은 건…… 눈앞에 자리하고 있는 이 모든 일의 원흉 천지광.

이자를 쓰러트리는 것뿐.

천무진이 천인혼을 움켜쥐었다.

스윽.

뽑혀져 나온 천인혼이 특유의 붉은 검신을 드러낸 채 낮은 검명을 토해 냈다.

웅웅웅.

천인혼을 쥔 채로 천무진은 짧게 숨을 내쉬었다.

오랜 시간 꿈꿔 왔던 그 순간이 마침내 목전에 다다랐기 때문이다.

심장이 미칠 듯 뛰었고, 모든 감각이 꿈틀거렸다.

오랫동안 이어져 왔던 긴 악몽을 끊을 수 있는 순간이 다가와 있었다.

자신을 향해 천인혼을 겨누고 있는 천무진을 바라보며 천지광은 이를 갈았다.

자신의 오랜 꿈을 망쳐 버린 주범.

사지를 갈가리 찢어 죽인다고 해도 속이 풀리지 않을 것이다. 천무진으로 인해 천지광의 삶은 지옥 속으로 떨어져 버렸으니까.

그 사실을 떠올리자 아주 잠시나마 어째서 상황이 이렇게 된 것인가 하는 의문을 떠올렸던 그의 뇌리는 다시금 분노로 가득 찼다.

부드득 이를 갈며 천지광이 발작하듯 소리쳤다.

"네가! 고작 네깟 놈이! 내 인생을 이렇게 망가트려 버리다니!"

자신의 인생을 망쳐 버린 놈, 결코 편안하게 죽도록 놔두지는 않을 것이다.

자신을 향해 소리를 내지르는 천지광에게 천무진이 여유 가득한 얼굴로 답했다.

"저번 생에서 내 인생을 망쳐 버린 걸 되갚아 준 것뿐이니…… 너무 억울해하지는 말라고."

"닥쳐라!"

우우웅!

고함과 함께 천지광의 흔들리는 손에서 초승달 모양의 기운이 뿜어져 나왔다. 그 기운은 놀랍게도 닿는 그 모든 것을 흡사 두부를 가르는 것처럼 부드럽고 깨끗하게 자르며 지나갔다.

그리고 그 안에는 천무진도 있었다.

스윽.

천무진의 상체와 하체가 갈라졌다.

그렇지만 천지광은 그대로 방향을 비틀며 재차 손을 흔들었다. 이번엔 채찍과도 같은 기운이 빠르게 허공을 갈랐다.

그의 기운이 날아드는 허공.

그곳에는 빠르게 움직이고 있는 천무진이 있었다.

콰콰콰쾅!

두 사람이 자리하고 있던 천지광의 집무실이 순식간에 붕괴됐다. 동시에 지붕이 무너져 덮쳐 왔지만 천지광은 아무렇지 않게 손을 위로 뻗었다.

순간 덮쳐 오던 벽과 지붕이 가루가 되어 사방으로 흩어졌다.

탁.

천지광이 돌을 가루로 만들어 버리는 사이 천무진은 이미 반대편 멀리에 착지했다. 처음 공격에서 천무진을 반 토막 내는 것처럼 보였지만 그건 착각이었다.

움직임이 너무도 빨랐기에 잔영만이 남았고, 천지광의 공격이 가른 건 바로 그 허상에 불과했다.

천지광이 두 발을 강하게 땅에 박아 넣으며 소리쳤다.

"천무진!"

동시에 그의 몸에서 무형의 기운들이 파도처럼 연달아 밀려 나왔다. 그로 인해 마치 지진이라도 난 것처럼 바닥이 울렁였다.

솟구치는 땅.

사이사이에서 뿜어져 나오는 날카로운 강기들이 주변을 휩쓸었다.

콰콰쾅!

발 디딜 곳 하나 없을 정도로 주변의 땅이 뒤엎어졌지만 천무진은 너무도 간단히 그 공격을 피해 냈다. 가볍게 솟구쳐 오른 땅 위에 자리한 천무진이 상체를 살짝 낮춘 채로 상대를 응시할 때였다.

천지광이 옆을 향해 손을 뻗자, 무너진 건물 더미 속에서 무엇인가가 빠르게 날아들었다.

파앙!

그리고 그걸 재빠르게 잡아챈 천지광이 천무진을 향해 천천히 다가가고 있었다.

그의 손에 들린 건 한 자루의 검이었다.

그런데 그 모양이 다소 괴팍했다.

검의 손잡이는 하얀색이었고, 특별한 무늬조차 없었다. 손으로 잡을 수 있는 짧은 손잡이 부분만 있는 검. 문제는 바로 검신이었다.

검신은 마치 녹슬기라도 한 것처럼 허술해 보였다.

하지만 천무진은 그 검을 보는 순간 절로 밀려드는 기운을 느낄 수 있었다.

당장이라도 부러질 것 같은 검.

그렇지만 저 검에서 느껴지는 요사스러운 분위기는 절로 사람을 움츠러들게 만들었다.

그 검의 정체는 바로 칠신기의 하나.

요혼검(妖魂劍)이었다.

저주받은 마검이라고도 불리는 검으로 낡아서 당장이라도 부러질 것만 같은 모습과는 달리 쇳덩이조차 쉽게 잘라 버릴 정도의 날카로움을 지닌 물건이었다.

요혼검을 치켜든 천지광이 달려들었다.

파라라락!

공기가 사방으로 찢겨 나가며 요혼검이 순식간에 천무진의 몸통을 노렸다.

카앙!

천무진은 서 있던 자리에서 옆으로 방향을 틀며 천인혼으로 그 공격을 받아 냈다. 순식간에 검을 맞댄 두 사람이 서로를 향해 강렬하게 내기를 방출했다.

크크크크크!

검과 검 사이에 공간이 생기며 두 사람의 몸이 뒤로 밀려

나갔다.

뒷걸음질 친 천무진이 빠르게 균형을 잡으며 천인혼을 앞으로 내밀었다.

'과연 요혼검이군.'

천무진은 요혼검의 정체를 바로 알아차린 상태였다.

방금의 공격을 어렵지 않게 받아 냈지만, 사실 이 모든 건 천무진의 검이 천인혼이기에 가능한 일이었다. 보통의 검이었다면 지금 격돌만으로도 금이 가거나, 이가 빠졌어야 할 터.

그렇지만 천인혼 또한 칠신기의 하나였기에 지금 요혼검과의 충돌에서 멀쩡한 상태를 유지할 수 있었다.

순간 천인혼이 마치 화라도 난 듯 작게 떨려 왔다.

그때 천지광이 입을 열었다.

"네놈은 실수를 했다."

핏발이 선 눈으로 다가오는 그의 목소리에는 살기만이 가득했다.

모든 걸 잃었다.

그랬기에 생각 또한 단순 명료해졌다.

사실 천지광은 아직까지 모든 걸 포기하지 않은 상태였다.

자신이 꿈꾸던 미래를 망쳐 버린 천무진을 죽인다. 그리고 필요로 의해 만들어 두었던 십천야를 다시 정비하고 준비시켜서 무림을 뒤집어엎고야 말 것이다.

그 이후 어떻게든 천룡성의 모든 것을 찾아내서, 자신이 익히지 못한 무공의 나머지 부분을 알아낼 계획이었다.

물론 그렇게 한다고 해서 천룡혼을 자신이 가지게 될 수 있을지는 장담할 수 없지만 지금으로써는 그것이 유일하게 기댈 수 있는 희망이었으니까.

요혼검을 든 천지광이 검을 바닥 쪽으로 휘두르며 말을 이었다.

"날 죽일 생각이었다면…… 바로 이 자리에 네놈의 동료들이라도 모두 데리고 왔어야지."

말과 함께 천지광의 몸 주변으로 막대한 양의 내공이 휘몰아쳤다.

비록 천룡성의 모든 힘을 지니지는 못했지만…… 천지광의 실력은 가히 괴물에 가까웠다.

그의 무력은 천운백을 제외하고는 그 적수가 없을 정도로 강대했다. 실제로 다른 십천야들조차도 쩔쩔맬 정도로 천지광의 실력은 압도적이었다.

천룡성의 무공을 익혔고, 또 세상에서 사라진 수많은 무공들까지 접했다.

지금 천지광의 검에서 피어오르는 저 기운 또한 그중 하나였다.

일백검로결(一百劍路訣).

소림사의 인물이었던 현웅이라는 고승이 만들었던 독문 무공이다. 그걸 나름의 방식으로 재해석하고, 자신에게 맞춰 만든 새로운 변형식.

천지광이 번쩍 눈을 부릅뜨는 것과 동시에 검에서 피어오르던 힘이 사방으로 폭발하듯 터져 나갔다.

콰콰콰콰쾅!

밀려 들어오는 힘을 바라보며 천무진 또한 천인혼을 움직였다.

부웅, 붕!

휘두르는 천인혼에 맺힌 흑빛 강기.

그 강기를 천무진이 강하게 휘둘렀다.

콰앙!

천인혼이 아래로 향함과 동시에 바닥이 허공으로 솟구쳤다.

천룡비공의 초식 중 하나인 흑령무상(黑靈無狀)을 펼친 것이다. 하늘을 가를 듯 맹렬하게 떨어져 내린 천무진의 공격과 밀려들던 천지광의 일백검로결이 충돌하며 사방의 땅이 뒤흔들렸다.

쿵! 쿠우웅! 쿵!

마치 지진이라도 난 것처럼 주변 지대가 요동치는 사이 둘의 몸이 빠르게 서로를 향해 날아들고 있었다.

천무진과 천지광의 검이 폭풍처럼 휘몰아쳤다.

카카캉! 캉!

천지광의 공격은 너무도 날카로웠다. 그 탓에 천무진의 몸에 생채기 몇 개가 생겨났다.

피핏!

피가 주르륵 터져 나왔지만 천무진은 아랑곳하지 않았다. 그의 천인혼 또한 상대인 천지광의 무릎을 빠르게 베고 지나가는 중이었으니까.

그리고 이내 두 사람의 몸이 빠르게 겹쳤다가 떨어졌다.

"으읏!"

천지광은 무릎에 이어 옆구리가 베이자 짧게 소리를 토해 냈다. 그리고 천무진은 폭발하는 힘에 밀려 나가듯 바닥에 처박혔다가 일어나고 있었다.

몸을 일으켜 세우는 천무진의 입에서 피가 흘러내렸다.

주르륵.

몇 번의 격돌.

그것만으로도 천무진은 상대가 얼마나 강한지 체감할 수 있었다.

상대는 천지광이었고, 그는 천하제이인자라 불릴 만한

인물이었다. 사실 천무진이 다시금 생을 거슬러 와서 빠른 성장을 이루지 못했다면 손속을 겨루기도 어려울 정도의 강자였다.

그러나 이번 격돌로 멈칫한 건 비단 천무진만이 아니었다.

순식간에 무릎과 옆구리가 베인 천지광 또한 놀란 건 비슷했다.

'내 몸에 상처를 낼 수 있는 놈이 천운백 말고 또 존재할 줄이야…….'

천무진을 우습게 여겼다.

그랬기에 그를 용조차 되지 못할 이무기라 생각했었다.

그런데 아니었다.

눈앞에서 천인혼을 고쳐 잡는 천무진에게서 풍겨져 나오는 기운을 마주하고 있는 천지광은 알 수 있었다.

그의 등 뒤로 아주 일순간이긴 했지만 천운백이 겹쳐져 보였다.

그토록 증오했고, 두려워하던 천운백이라는 존재가 말이다.

'결국 천무진 네놈이…… 용이 되고야 말았구나.'

자신은 그토록 되고 싶었어도 될 수 없었던 용.

그 용이 된 천무진을 눈앞에 두고 있노라니 묘한 질투심까지 치밀었다.

그리고 빼앗고 싶었다.

그 모든 걸.

'세상을 지배할 한 마리의 용은 바로 나다!'

파아앙!

요혼검에서 맹렬한 기운이 뿜어져 나왔다.

대각선으로 움직이는 검날을 따라 아지랑이처럼 허공이 갈라졌다. 그리고 지금 펼쳐지는 이 무공이 무엇인지 천무진은 단번에 알아차릴 수 있었다.

천룡성의 무공인 천룡비공 무수화!

순간 주변으로 피어오른 꽃잎의 형상. 그리고 그 형상을 가르며 하나의 힘이 빠르게 천무진을 향해 밀려들었다.

피잉!

이윽고 이어지는 꽃잎의 폭발.

펑! 펑!

천무진이 다급히 검을 들어 올려 밀려드는 공격을 받아 냈다. 호신강기와 검막을 동시에 피어 올려 막강한 내공이 뒷받침하는 무수화의 초식을 받아 냈다.

그러고는 이내 더는 방어만 할 수 없다 여겼는지 천무진 또한 빠르게 똑같은 무수화의 초식을 펼쳤다.

서로를 향해 날아드는 똑같은 무공.

그렇지만 내공에 있어서는 천무진이 천지광에 비해 한

수 아래였다.

천지광이 만들어 낸 꽃잎이, 순식간에 천무진을 뒤덮었다.

콰아앙!

폭발과 함께 천지광의 입가가 비틀렸다.

'멍청하게 정면 승부라니.'

실력이 예상보다 훨씬 뛰어나다고는 하지만 결국 싸움의 승자는 자신이 될 것이다. 천운백이 아닌 천무진은 자신을 막을 수 없을 테니까.

막대한 내공을 쏟아 내는 것에 맞춰 천지광의 얼굴은 조금씩 더 흉측하게 변해 가고 있었다.

사람의 정기를 주기적으로 흡수해 최대한 인간의 형상을 유지해 오던 그다. 그런데 천룡비공 같은 막대한 내공이 소모되는 무공을 펼치자, 점점 얼굴을 유지하던 힘이 사라져 가고 있었던 것이다.

자신의 신체에서 일어나는 변화를 느끼면서도 천지광은 쏟아 내는 내력을 거두지 않았다.

어차피 같은 천룡성의 무공으로 붙게 된다면 결국 그 승자가 되는 건 더욱 강한 힘을 지닌 쪽이다.

그리고 천지광은 자신이 상대를 압도할 수 있는 부분을 잘 알고 있었다.

내공 싸움.

그것만큼은 자신이 천무진에 비해 압도적일 테니까.

천지광은 무수화로 천무진을 뒤덮으며 보다 강하게 밀어붙여 아예 큰 내상을 입히려 했다.

그런데…….

천무진을 향해 미칠 듯 밀려들던 자신의 내력이 갑자기 어떤 구멍으로 빨려 들어가는 듯한 느낌이 들었다.

그건 이제껏 단 한 번도 느껴 보지 못했던 감각이었고, 순간 착각이 아닐까 하는 생각마저 들 정도였다.

그렇지만 천지광은 백전노장이라 불릴 만한 무인이었다.

그랬기에 지금 찰나 느껴진 이 묘한 감각이 결코 잘못된 것이 아님을 직감했다.

'이건 대체…….'

순간 천무진을 뒤덮어 가던 꽃잎들이 거짓말처럼 바깥으로 밀려 나갔다. 결코 자신보다 더욱 강한 내력을 쏟아 낸 것이 아니었다.

그런데 천무진에게서 뿜어져 나오는 힘에 주변의 모든 것들이 반응했다.

우우우웅!

꽃잎들이 볼썽사납게 터져 나가는 와중 그 안에서 천무진의 시선이 번뜩이며 뿜어져 나와 천지광에게 틀어박혔다.

덩달아 몸 주위를 회전하는 묘한 기운까지.

그걸 보는 순간 천지광은 벼락이라도 맞은 듯 움찔했다.

찰나 머리를 스치는 하나의 생각.

천지광이 눈동자를 부릅떴다.

'서, 설마 저건 천룡성의 비기인…….'

*　　　*　　　*

천룡성의 절초인 천추나락.

그건 순간적으로 인간이 사용할 수 있는 내공의 한계를 뛰어넘게 만들어 믿을 수 없는 파괴력을 내게 하는 초식이었다.

그랬기에 천무진은 계속해서 혈도를 넓혔고, 그러면서 마침내 절초인 천추나락을 완성시킨 상태였다.

밀려드는 천지광의 무수화를 받아 내며 천무진은 서둘러 내력을 끌어올렸다.

천지광이 이 싸움을 자신에게 유리한 쪽으로 이끌어 가려고 하는 것처럼, 천무진 또한 같은 생각이었다.

굳이 내공 싸움으로 천지광에게 기회를 줄 이유는 없었다.

어차피 둘의 무공은 똑같이 천룡비공이다.

그렇지만 결정적인 차이가 있었다. 바로 이 절초인 천추나락의 유무였다. 천무진에겐 천추나락이 있었고, 천지광에겐 없었다.

그리고 이것이…… 이 싸움의 승패를 좌우할 결정적 차이였다.

무수화를 받아 내는 도중에 천무진의 혈도가 자연스럽게 넓어지기 시작했고, 그 길을 따라 내공의 흐름 또한 터져 버린 둑을 따라 퍼붓는 물처럼 쏟아져 나왔다.

단전에서부터 시작되는 내공의 흐름이 바다가 되어 흘러 넘쳤다.

온몸에 폭발적인 힘이 맴돌았고, 덩달아 모든 감각이 미쳐 날뛰었다.

주체할 수 없는 힘이 전신을 맴도는 그때.

천무진의 몸이 움직이기 시작했다.

이 천추나락을 제대로 본 건 단 한 번뿐이었다.

스승인 천운백이 천무진을 위해 모든 힘을 다해 펼쳤던 그때 말이다.

천무진의 몸이 머릿속에 남아 있던 당시의 기억을 따라 움직이기 시작했다.

빠르게 회전했고, 손에 들린 천인혼이 부르르 떨렸다. 검마저 깨어져 나갈 것 같은 진동, 그 안에서 뿜어져 나오는 강렬한 내공까지.

온몸이 부서질 것 같은 힘이 억눌러 왔지만 천무진은 이를 악물었다. 그리고 몸 안에서 뿜어져 나오는 그 모든 힘을 고스란히 천인혼에 담았다.

순간 천인혼이 하얀빛에 감싸이는 듯싶더니 이내 무수히 많은 기운들이 앞으로 쏟아져 나가기 시작했다.

천룡비공 절초 천추나락!

그 전설의 절초가 천무진의 손에 의해서 모습을 드러냈다.

우우우웅!

잠깐의 떨림, 그리고 이내 천인혼에서 뿜어져 나온 기운들이 커다란 폭풍이 되어 상대방을 향해 밀려 나갔다.

천무진의 기이한 모습을 보면서 직감적으로 천추나락을 떠올리며 위험을 감지해 냈던 천지광이었다.

으드드드드드!

땅이 갈라지며 무시무시한 공격들이 순간적으로 거리를 좁혀 왔다.

순간 천지광의 머릿속에 드는 생각은 하나뿐이었다.

'……막아야 한다!'

천무진의 공격이 펼쳐진 곳을 기점으로 하여 땅이 무서울 정도로 빠르게 갈라졌다. 그리고 착각일지도 모르겠지만 하늘과 허공마저도 갈라지는 것 같은 느낌이 들었다.

그만큼…… 위력적이었다.

천지광은 다급히 모든 내력을 방어에 집중시켰다.

그리고 그 순간 빛이 시야를 뒤덮었다.

천지광은 천룡비공의 천강기(天剛氣)까지 펼치며 날아드는 공격을 막아 내려 했다. 그렇게 순간적으로 앞을 가로막는 벽이 형성되었지만 천추나락의 힘이 닿는 순간 천강기에 균열이 가기 시작했다.

쩌적. 쩌저적!

금이 간 틈 사이로 밀려드는 천무진의 기운들. 그걸 보는 순간 천지광의 눈동자가 흔들렸다.

'이런 젠……!'

그가 눈을 부릅뜨는 순간 천강기가 박살이 나며 천무진이 펼친 천추나락이 그대로 천지광을 덮쳤다.

콰콰콰콰콰콰쾅!

엄청난 폭발이 이어져 나왔고, 이내 천무진의 공격이 휩쓸고 지나간 자리에 있던 모든 것들은 무(無)로 돌아갔다.

오로지 단 하나, 천지광을 제외하고는 말이다.

천무진의 천추나락이 휩쓸고 지나간 바로 그곳에 천지광이 있었다.

그때였다.

울컥.

갑자기 몸을 가볍게 떤 천지광이 입에서 몇 사발은 될 정도의 많은 피를 토해 냈다.

그뿐만이 아니었다.

그의 몰골은 말이 아니었다. 한쪽 팔은 들 수조차 없을 정도로 망가져 버렸고, 온몸은 피투성이였다. 더는 버티는 것도 어려웠는지 결국 천지광이 무릎을 꿇었다.

털썩.

무너지려는 몸을 애써 한쪽 무릎으로 버티긴 했지만 이미 그의 몸은 싸움을 이어 가기 어려울 정도로 망가져 있었다.

천지광의 얼굴은 방금 전 마지막 격돌을 하기 전보다 한층 더 흉측하게 변해 있었다. 내력을 쥐어짜며 공격을 막아 내던 탓에 결국 얼굴의 형태를 유지하고 있던 힘마저 다 사용하고야 만 것이다.

괴물이 된 얼굴로 천지광이 힘겹게 주변을 둘러보았다.

자신의 발아래부터 인근 주변이 모두 초토화가 되어 있었다. 뭉그러진 눈꺼풀 때문에 가늘게 뜬 눈동자에는 놀람이 가득했다.

'이것이 천룡성의 진짜 힘인가.'

놀람과 함께 찾아온 감정은 욕심이었다.

자신이 가지고 싶었던 진짜 힘. 그 힘을 눈으로 보았으니까.

덩달아 화가 치밀었다.

그 힘을…… 자신은 가질 수 없다는 걸 알기에.

주변을 둘러보던 천지광이 재차 피를 토해 냈다.

"컥."

외마디 비명 소리와 함께 터져 나온 피로 인해 입 주변은 더더욱 엉망으로 변해 버렸다.

입에서 쏟아져 나온 검붉은 피를 보며 천지광은 지금 자신의 상태를 체감할 수 있었다.

부서져 버린 것이다.

이 빌어먹을 몸뚱이가.

"으, 으으으으으!"

천지광이 분한 듯 소리를 내질렀다. 그렇지만 그것이 전부일 뿐, 별다른 움직임을 보이긴 어려웠다. 그러기엔 이미 두 다리가 말을 듣지 않았으니까.

그런 그를 향해 천무진이 다가오고 있었다.

한 번의 공격을 쏟아 냈을 뿐이다.

그런데도 불구하고 천무진의 얼굴은 하얗게 질려 있었다. 거기다가 이마와 목 언저리에서는 식은땀이 흘러내렸다.

천추나락은 막대한 내공을 순간적으로 폭발시키는 초식. 당연히 몸에 무리가 갈 수밖에 없었다.

하지만 아무리 그렇다 한들 전투 불능 상태가 되어 버린 천지광에 비할 바는 아니었다.

다가오는 천무진을 바라보는 천지광의 속에서는 화가 치밀어 올랐다.

자신의 모든 걸 망친 상대.

그 목숨을 빼앗아도 화가 풀리지 않을 터인데 도리어 엉망이 된 건 자신이었다.

분한 듯 부들부들 떨던 천지광은 순간 피 웅덩이에 비친 자신의 얼굴을 볼 수 있었다.

피 웅덩이라 자세히 보이진 않았지만 일그러진 얼굴을 확인하는 건 가능했다. 흉물스러운 자신의 외모를 보는 순간 천지광은 간신히 움직이는 왼손으로 얼굴을 가리며 힘겹게 주춤거렸다.

자신의 망가진 얼굴을 보이는 것만으로도 천지광은 지금 이 상황이 충분히 끔찍했다.

다가오는 천무진을 향해 천지광이 서둘러 소리쳤다.

"보지 마!"

"……."

그의 외침에도 천무진은 아랑곳하지 않고 더욱 거리를

좁혀 갔다.

그렇게 둘 사이의 거리가 손만 뻗으면 닿을 정도로 가까워졌을 무렵이었다. 천무진이 걸음을 멈추고 한쪽 무릎만 꿇은 채로 몸을 지탱하고 있는 천지광을 내려다봤다.

자신을 내려다보는 시선에 천지광은 애써 웃으며 입을 열었다.

"크, 크큭! 건방진 눈빛이구나. 네놈이 다 이겼다고 생각하느냐?"

"응. 여기서 네 목숨을 끊는 걸로 우리의 긴 악연도 끝이 날 거야."

덤덤하게 말을 하는 천무진을 바라보던 천지광이 그의 속을 긁어 대기 위해 말을 꺼냈다.

"날 이겼다고 생각하며 무척이나 기분 좋은 모양인데 이거 어쩌나. 네 사부인 천운백은 제자 놈의 배신으로 비참한 최후를 맞이했는데. 지옥에서 만나서 내가 이 이야기를 해 주면 어떤 표정을 지을까? 그토록 믿었던 제자 놈이 널 배신했고, 그로 인해 죽게 된 거라고 말한다면 아마 그놈의 표정이 꽤나 볼만하게……."

어떻게든 천무진의 속을 뒤집어 놓기 위해 내뱉던 말. 그런데 그 말을 듣던 천무진이 도리어 픽 웃음을 흘렸다.

생각지도 못한 반응에 천지광이 움찔할 때였다.

천무진이 입을 열었다.

"어쩌지. 내 사부는 살아 계시는데."

"……뭐?"

"살아 계신다고. 아주 멀쩡하게. 지금쯤 사랑하는 그분과 좋은 시간을 보내고 있으실걸."

천운백 또한 한천과 마찬가지로 부상이 심했고 워낙 멀리 있었던 탓에 이번 싸움에는 끼지 못했지만, 그의 상태가 빠르게 호전되어 가고 있다는 사실을 전해 들은 상황이다.

천지광은 천운백의 이야기를 꺼내서 어떻게든 천무진의 이번 삶 또한 지옥으로 만들고 싶었겠지만…….

천무진이 손에 들린 천인혼을 강하게 움켜쥐며 입을 열었다.

"천지광, 이번 생에서 넌 내게서 아무것도 빼앗지 못했다."

모든 고통을 겪고 과거로 돌아왔던 그날부터 지금까지.

지키고 싶었다.

자신의 삶을, 그리고 사부의 목숨도.

또 이번 생에서 함께한 소중한 동료인 백아린과 단엽, 그리고 한천까지.

그 모든 걸…… 천무진은 지켜 냈다.

그랬기에 확실하게 말할 수 있었다.

"이번엔…… 내가 이겼다, 천지광."

말과 함께 천무진의 손이 움직였다.

*　　　*　　　*

털썩.

한 명의 무인이 많은 사람들 앞에서 무릎을 꿇었다.

바닥에 쓰러진 채로 숨을 거둔 그자의 정체는 다름 아닌 십천야의 일원이자 화산파의 권력자. 그리고 반맹주파의 실질적인 수장이기까지 했던 자운이었다.

자운의 모습은 아주 엉망이었다.

얼굴은 피투성이에, 온몸이 원래의 모습을 알아보기 힘들 정도로 부서져 있었다.

정파 무림을 이끌 미래로 평가받던 그를 쓰러트린 당사자는 단엽이었다.

그는 바닥에 엎어진 채로 숨을 거둔 자운을 가만히 내려다보고 있었다.

수많은 이들의 이목이 단엽에게 쏠리고 있었다.

무림맹의 무인들을 이끌고 이곳까지 온 사하봉은 굳은 얼굴로 단엽을 바라보는 중이었다.

자운은 적이었고, 반드시 쓰러트려야 할 상대였다.

그가 쓰러진 건 분명 아군에게 있어 축하할 일이었지만⋯⋯.

'자운을 이리도 쉽게 꺾다니.'

자운은 무림맹을 대표하는 고수 중 하나였다.

그런 그가 무너졌다.

그것도 사파의 젊은 고수에게.

게다가 이건 종이 한 장 차이의 승부라고 보기도 어려웠다. 분명 자운 또한 단엽에게 부상을 입히고, 꽤나 위협적인 공격을 펼친 건 사실이었지만 솔직히 이 정도 차이라면, 백번 싸운다 한들 결과는 달라지지 않으리라.

사하봉이 걱정스러운 표정을 지어 보였다.

'향후 수십 년은 사파가 위세를 떨치겠구나.'

대홍련 련주의 자리까지 오른 단엽의 실력을 눈으로 보자 훗날 정도 무림의 미래가 걱정되는 건 어쩔 수 없었다.

그만큼 단엽의 무위는 압도적이었다.

정도 무림에서는 비교할 만한 이가 생각나지 않을 정도였으니까.

하지만 사하봉이 놀랄 일은 그것이 전부가 아니었다.

쿠웅.

갑자기 하늘에서 날아오듯 뭔가가 떨어져 내렸다.

그건 다름 아닌 이미 혼절한 주란이었다.

그리고 뒤이어 주란과 함께 백아린이 가볍게 바닥에 착
지했다.

백아린은 주란을 죽이지 않고 이곳까지 끌고 온 상태였
다. 숨어 있는 십천야를 발본색원하기 위한 증인으로 특별
히 목숨은 살려 둔 것이다.

가볍게 착지한 백아린이 주변을 훑어보다 단엽을 발견하
고는 빠르게 다가갔다.

그녀가 물었다.

"자운은 어디 있어?"

"어디긴. 바로 여기지."

단엽이 손가락으로 자신의 발아래를 가리켰고, 백아린은
엉망이 된 시신을 바라보며 고개를 절레절레 젓고는 못 말
리겠다는 듯 말했다.

"하여튼 넌 적당히라는 걸 모른다니까."

"야, 네가 남 말할 때냐?"

단엽이 기가 차다는 듯 백아린이 질질 끌고 온 주란을 향
해 시선을 줬다.

그녀 또한 숨이 붙어 있긴 했지만 백아린의 대검에 아주
곤죽이 될 정도로 두들겨 맞은 상태였다. 당연히 성한 곳
하나 없을 정도로 엉망이었다.

단엽의 말에 순간 어색한 표정을 지어 보인 백아린이 이

내 말도 안 되는 변명을 늘어놓기 시작했다.

"어라 이상하네. 난 살살 했는데 왜 저러지?"

"어련하시겠어."

"아니 진짜로 난……."

뭔가 더 말을 이어가려던 백아린이 갑자기 말을 멈추고 한쪽으로 시선을 돌렸다. 그리고 그건 단엽도 마찬가지였다.

두 사람의 시선이 향한 곳.

그곳에서 한 사내가 걸어오고 있었다.

아직 해가 뜨지 않은 이곳의 어둠을 등진 채로 걸어오는 사내.

천무진이었다.

천무진을 발견하는 순간 백아린과 단엽이 입가에 미소를 머금은 채로 다가오는 그를 바라봤다.

이내 끌고 다니던 주란을 그대로 바닥에 팽개친 백아린이 빠르게 천무진을 향해 다가갔다.

그리고 단엽 또한 그 뒤를 따라 천무진에게 향했다.

천무진의 코앞까지 다가간 백아린이 고개를 치켜들어 그의 얼굴을 마주했다.

천무진은 별다른 말을 하지 않았지만, 얼굴을 보는 것만으로도 많은 이야기를 들은 것만 같은 기분이었다. 그가 어떠한 삶을 살았고, 이 싸움이 천무진에게 있어 무슨 의미를 지녔는지도 잘 알고 있는 백아린이다.

그처럼 지독히도 끔찍했고, 긴 싸움이 끝났음을 알기에…….

그녀가 천무진의 손을 꼭 잡은 채로 환하게 웃으며 입을 열었다.

"고생했어요."

자신을 향해 웃는 얼굴을 하고 있는 백아린과 단엽을 앞에 두고 있던 바로 그때였다.

천무진이 슬그머니 고개를 내려 그녀의 어깨에 기댔다.

그런 천무진의 행동에 백아린이 깜짝 놀란 듯 움찔하다가 이내 볼을 붉게 물들였을 때였다.

백아린의 어깨에 얼굴을 기댄 채로 천무진이 작게 중얼거렸다.

"……고맙다. 모두들."

고맙다는 천무진의 그 말에 백아린과 단엽의 입가에 잔잔하게 미소가 번졌다.

10장. 마무리
— 무림을 부탁하마

　수십 년이 넘는 긴 시간 동안 비밀스럽게 중원에 뿌리박고 있었던 십천야가 무너졌다.

　비밀 거점에 자리하면서 얻게 된 정보들 덕분에 알게 된 십천야의 세력들, 거기다가 주란이 관리하던 비밀 장부까지 손에 넣은 천무진은 그 안에 적힌 정보를 무림맹과 마교 쪽에 동시에 전달했다.

　그리고 그건 중원 전체를 뒤흔들 정도로 어마어마한 파급력을 보여 줬다.

　무림맹의 근간이 되는 구파일방과 오대세가를 비롯한 수많은 문파와 가문들.

그리고 마교에서 오랫동안 힘을 지니고 있던 이들 중 많은 이들이 십천야와 알게 모르게 연관이 되어 있었던 것이다.

꽤나 많은 숫자가 연루된 사건이었기에 그 후폭풍을 염려하는 이들도 있었지만…… 무림맹주인 추자후와 전권을 위임받은 마교 소교주 악준기의 결단은 과감했다.

오랫동안 썩어 온 뿌리다.

이걸 놔둔다면 결국 나무 자체가 죽어 버리게 될 거라 판단을 한 그들은 십천야와 연관된 정도와, 벌인 일들을 조사하여 그 당사자가 누가 되었든 간에 엄벌에 처했다.

그리고 이례적으로 이번 십천야의 일에 관해서는 무림맹과 마교가 손을 잡고, 서로 의견을 나누며 정보 또한 교환하는 식으로 오랜 시간 무림에 존재했던 십천야의 잔존 세력들을 뿌리 뽑는 데 힘을 합쳤다.

그렇게 하루에 수도 없이 많은 정보들을 접하고, 그걸 바탕으로 회의를 진행하며 십천야와 관련된 이들에 대한 처벌을 내리느라 정신없이 바쁜 추자후는 저녁 시간이 돼서야 간신히 휴식을 취할 수 있었다.

자신의 집무실에 앉아 잠시 휴식을 취하던 그가 작은 한숨을 내쉬었다.

"후우."

십천야와 관련된 이들을 벌하는 건 체력적으로나, 정신적으로 무척이나 힘든 일이었다. 무림맹에서 중요한 일을 해내던 이들조차 벌해야 하는 일이었기 때문이다.

그렇지만 추자후는 사사로운 감정을 버리고 죄의 경중만으로 모든 일들을 공평하게 처리했다.

의자에 기대어 앉은 추자후가 속으로 중얼거렸다.

'이리도 많은 자들이 십천야에게 넘어갔었을 줄이야.'

십천야라는 존재가 위험하다는 건 알았지만 이건 상상 이상이었다.

그대로 두었다면 무림맹이 아니라 무림 자체가 발칵 뒤집혔을 정도로 엄청난 규모의 세력이었다.

이런 이들이 서로 힘을 합치기 전에 찾아냈고, 문제가 생기기 전에 막을 수 있었기에 실로 다행이라는 생각이 들었다.

만약 천무진과 그 일행들이 이 일을 막아 내지 못했다면…… 무림 역사상 전무후무한 피바람이 불었을 것이 분명했다.

수만, 아니 어쩌면 수십만 명 이상이 죽었을지도 모르는 끔찍한 미래를 그 네 사람이 막아 낸 것이다.

그렇게 추자후가 상념에 잠겨 있던 사이, 그의 거처에 손님이 찾아왔다.

"맹주님, 들어가도 되겠습니까?"

"들어오게."

추자후가 문 쪽을 향해 시선을 주며 답했다.

늦은 저녁 찾아온 손님은 다름 아닌 총군사 위지겸이었다.

승낙이 떨어지자 문을 열고 안으로 들어선 위지겸이 곧장 추자후에게 다가와 예를 갖췄다. 추자후가 웃는 얼굴로 말했다.

"방금 전까지 질리도록 같이 있지 않았는가. 그새를 못 참고 이리 찾아와서야 원."

추자후가 바쁜 것처럼 그의 손과 발이 되어 줘야 하는 위지겸 또한 하루가 어찌 지나가는지 모를 정도로 정신이 없었다.

말과 함께 앉으라는 추자후의 손짓에 위지겸이 그 반대편에 착석했다.

그러고는 이내 그가 입을 열었다.

"급히 보고를 드릴 일이 몇 가지 있어서 왔습니다."

"뭔가?"

"방금 전에 사천당문 쪽에서 연락이 왔습니다. 도망쳤던 당자윤을 잡았고, 곧바로 무림맹으로 압송하겠다는 전언이었습니다. 한 열흘 정도 걸릴 것 같다고 합니다."

"그래? 그거참 반가운 소식이로군."

십천야와 관련된 이들을 토벌하는 과정에서 당연히 당자윤 또한 처벌 대상으로 분류되었다. 게다가 그의 악행은 꽤나 컸다.

실질적으로 십천야를 도왔고, 그들에게 필요한 독을 몰래 빼돌려 말도 안 되는 일에 사용되게끔 했다.

거기다가 무림맹 동료들의 죽음과 연관되어 있다는 사실도 밝혀졌기에 무림맹에 끌려오는 즉시 엄벌에 처해질 예정이었다.

당자윤을 잡았다는 보고를 끝낸 위지겸이 곧바로 다음 이야기를 꺼냈다.

"그리고 천 공자가 어디에 계신지 찾았습니다."

천무진에 대한 이야기에 추자후가 두 귀를 쫑긋 세운 채로 물었다.

"그래? 지금 어디에 계신다던가?"

"산동으로 향하고 있으시다는 것 같습니다."

"산동? 그렇다면……."

"네, 아마도 천운백 대협을 찾아뵈려는 거겠지요."

십천야와의 싸움이 끝나고 며칠 지나지 않아 천무진과 그의 일행들이 갑자기 사라졌다. 그랬기에 그들이 어디에 있나 백방으로 수소문하던 끝에, 마침내 어디에 있는지 알아낸 것이었다.

사랑하는 여인인 조수아를 구하기 위해 스스로 함정에 뛰어들었던 천운백은 그 이후에도 몸을 추스르며 계속해서 그곳에 머물고 있었다.

사실 추자후는 지금 천무진의 도움이 필요했다.

보다 정확히 말하자면 천무진과 그의 일행들의 힘이 필요하다는 것이 맞을 게다.

천룡성의 무인이라는 천무진과 뛰어난 정보력을 지닌 적화신루. 그리고 중원의 남쪽 지역에서 상당한 힘을 자랑하는 사파의 거두인 대홍련의 련주 단엽까지.

그들이 도와준다면 현재 무림맹으로서도 쉽사리 해결하지 못하는 많은 부분들을 마무리하는 데 있어 큰 보탬이 될 것이 자명했다.

그랬기에 어떻게든 천무진을 찾으려 했던 것인데…….

그가 천운백을 만나기 위해 산동으로 향했다는 소식을 전해 들은 추자후가 침묵하고 있을 때였다.

위지겸이 조심스레 물었다.

"어떻게 할까요? 연락을 넣어서 이쪽으로 와 달라고 부탁을…….''

추자후가 고개를 저었다.

분명 무림맹의 맹주인 그에게 천무진과 그의 일행이 큰 도움이 될 것은 자명했다.

허나 그것은 너무도 큰 욕심이었다.

천무진과 그의 동료들은 무림을 위해 너무도 많은 싸움을 해 왔고, 그로 인해 맹주의 입장으로선 갚기 어려울 정도의 은혜를 입게 되었다.

자리에서 일어난 추자후가 천천히 창가에 가서 섰다. 어두운 밤하늘을 올려다보며 그가 나지막이 입을 열었다.

"천 공자는 이미 우리에게 과할 정도로 많은 걸 해 줬다네. 그러니 이제 남은 뒤처리 정도는…… 우리가 마무리하도록 하지. 한동안 푹 쉴 수 있도록 괜한 방해는 안 하는 게 좋겠군."

말을 내뱉는 추자후를 바라보던 위지겸이 이내 피식 웃었다.

추자후의 마음을 이해했기 때문이다.

자리에서 벌떡 일어난 위지겸은 길게 기지개를 켰다.

해야 할 일이 산더미였고, 또 그중에 일부는 정말 생각하는 것만으로도 골치가 아플 지경이었다.

위지겸이 툴툴댔다.

"한동안 잠은 다 잤군요."

한숨과 함께 내뱉는 위지겸의 말에 추자후가 그를 바라보며 씩 웃었다.

　　　　　*　　　*　　　*

　김이 모락모락 피어오르는 찻잔을 앞에 둔 채로 두 명의
사내가 마주하고 있었다.

　그 두 사람은 바로 천운백과 천무진이었다.

　십천야와의 싸움이 끝나고 잠깐의 정리를 끝내기 무섭게
천무진은 천운백을 만나기 위해 산동으로 움직였다.

　천운백은 조수아와 함께 모습을 감춘 채로 지내고 있었
다. 십천야의 눈을 속여야 했기 때문이었다.

　그들이 몸을 감추고 지내던 곳은 천무진을 위해 두 사람
을 구해 냈던 방건이 마련해 준 자그마한 장원이었다.

　주변에 인적도 드물고, 외부에서 누군가가 드나들지 않
아 바깥으로 정보가 흘러나가지 않을 만한 장소였다.

　자리에 앉은 천무진이 곧장 천운백을 향해 물었다.

　"몸은 좀 어떠십니까?"

　"보면 모르겠느냐. 다 낫다 못해 힘이 넘칠 지경이란다."

　뇌신적벽탄으로 인해 큰 부상을 입었었지만 오랜 시간
여유를 가지고 회복에 집중한 덕분에 천운백은 무척이나
좋아진 상태였다.

　아무렇지 않은 듯 말했고, 분명 눈으로 보기에도 상태는
나쁘지 않았다.

하지만…….

천무진은 쉽사리 입을 열지 못했다.

하고 싶은 말이 너무도 많았다.

자신이 천지광이 심어 놓은 아이라는 걸 알면서도 평생을 부모처럼 돌봐 준 사람. 그리고 끝까지 자신을 믿어 주었던 사람…… 그런 그가 자신과 연관된 일로 인해 죽을 뻔했거늘 아무런 것도 해 주지 못했다.

천무진이 어렵사리 말을 꺼냈다.

"……죄송합니다, 사부님. 지켜드리지 못해서."

목숨은 멀쩡했지만 그럼에도 불구하고 미안한 마음이 너무도 컸다.

사과를 하는 천무진을 향해 천운백이 말했다.

"내가 해야 할 사과를 네가 하는구나."

"사부님이 제게 왜 사과를……."

이해가 안 간다고 되묻던 천무진의 목소리가 점점 작아졌다. 자신을 바라보는 천운백의 시선에서 느껴지는 진지함 때문이었다.

그가 진심으로 미안한 표정을 한 채 입을 열었다.

"미안하구나. 널 지켜 주지 못해서. 너에게 끔찍한 고통을 경험하게 해서. 이 사부가 해결했어야 했는데…… 그 모든 걸 네가 짊어지게 만들었구나."

천룡성에 얽힌 지독한 악연이었다.

그리고 그걸 떠안은 것이 천무진이었고, 그로 인해 그는 아픈 경험을 해야만 했다.

그랬기에 천운백은 미안했다. 자신이 그 모든 걸 미리 매듭지었었다면 결코 천무진이 이런 일을 겪지 않았을 거라 생각해서였다.

천운백의 그 말에 천무진이 크게 고개를 저었다.

"사과하지 마시죠. 사부님의 잘못이 아니니까."

천무진의 그 말에 천운백이 픽 웃으며 기가 차다는 듯 말했다.

"이놈아, 그럼 너도 사과하지 말거라. 네 잘못도 아니니까."

말과 함께 눈을 부릅뜨는 천운백의 모습에 결국 천무진도 더는 미안한 마음을 내비치지 않았다.

대신 천무진은 자연스럽게 화제를 다른 쪽으로 돌렸다.

"그럼 앞으로 무림의 일은 어쩌실 생각이십니까?"

"어쩌긴. 말하지 않았더냐. 이제 천룡성의 주인은 너라고. 믿고 맡길 만한 제자가 있으니…… 슬슬 은퇴를 할까 생각 중이란다."

"이렇게 정정하신 분이 불쌍한 제자한테 다 맡기고 은퇴를 하시겠다고요?"

"허허, 네가 몰라서 그러는데 나이를 먹으면 겉이 아닌 속부터 골병이 드는 게야. 그러니 젊은 네 녀석이 이제 열심히 해 줘야지."

장난스럽게 말을 내뱉은 천운백이었지만 이내 그는 진지한 얼굴을 하고는 앞에 놓인 찻잔을 어루만지며 생각에 잠겼다.

그런 그의 모습에 천무진은 조용히 그가 상념에서 빠져나오기를 기다렸다.

그리고 이내…….

"참으로 긴 세월이었구나."

천천히 의자에 기댄 천운백이 팔짱을 낀 채로 이야기를 시작했다.

그의 머릿속에 많은 것들이 스쳐 지나갔다.

어린 나이에 천룡성에 들어와, 무공을 배우고 점점 어른이 되었다.

그리고 나이가 들어 천룡성의 주인이 된 이후부터는 참으로 바쁜 삶을 살았다.

천룡성의 주인으로서 무림의 많은 걸 지켜 냈다.

그렇지만 그러기 위해 많은 걸 포기해야만 했던 삶이다.

그중 하나가 바로…… 조수아, 그녀였다.

평생 자신을 바라보기만 해야 했던 여인 조수아.

그로서는 십천야에게서 그녀를 지키기 위해 선택한 방법이긴 했지만, 실로 오랫동안 홀로 지내게 했다.

다치고 나서 한동안 이곳에서 지냈던 시간들. 그 시간들이 천운백은 무척이나 즐거웠다.

평생을 살며 이토록 편안하게 그녀와 단둘이 지냈던 적이 없었으니까.

천운백이 말을 이었다.

"평생을 무림을 위해 살아왔단다. 그러니 이제…… 내 남은 시간만큼은 그녀를 위해 살고 싶구나."

그 말을 끝낸 천운백이 조용히 자신의 이야기를 듣고만 있는 천무진과 시선을 맞춘 채로 물었다.

"내가 그래도…… 되겠느냐?"

천룡성의 무인으로 많은 짐을 짊어진 채 살아온 천운백이다. 그 짐이 얼마나 무거운지 잘 아는 천운백이었기에 천무진에게 이 같은 말을 한다는 것조차 미안한 마음이었다.

조심스레 건넨 그 한마디.

그리고 그 말에 담긴 의미를 알기에…….

"그렇게 하시죠. 나이를 먹어서 힘들다는 사부님에게 억지로 일을 시킬 수도 없는 노릇 아닙니까."

최대한 편안하게 모든 것에서 손을 놓을 수 있도록 천무진이 농담을 섞어 답했다.

그 대답을 들은 천운백이 한결 편안해진 표정으로 자리에서 일어났다. 그러고는 여전히 자리에 앉아 있는 천무진의 옆으로 다가오더니 그의 어깨에 가볍게 손을 얹었다.

그 상태로 천운백이 입을 열었다.

"무진아."

"네, 사부님."

고개를 들어 시선을 맞춘 채로 천무진이 답했다.

오랜 시간 무림을 지켜 온 천룡 천운백.

모든 일을 끝마친 그가 천무진을 향해 말했다.

"무림을…… 부탁한다."

어깨를 꽉 움켜쥐며 건네는 그 한마디에 천무진이 고개를 끄덕이고는 진심을 담아 답했다.

"오랜 시간 수고하셨습니다, 사부님."

＊　　　＊　　　＊

천무진이 사부인 천운백을 만나기 위해 산동으로 향하는 사이.

한천은 다른 곳으로 움직이고 있었다.

그리고 한천의 옆에는 단엽이 함께하는 중이었다.

십천야와의 싸움이 끝나고 한천은 어딘가로 가고자 했

다. 그렇지만 아직 부상이 완치되지 않은 그를 혼자 보내는 것이 걱정되었는지 단엽이 손수 따라가겠다고 나섰다.

그렇게 천무진과는 다른 곳으로 향한 두 사람은 어느 자그마한 산을 오르고 있었다.

한천의 뒤를 따라 오르는 단엽이 불만스럽게 투덜거렸다.

"야, 대체 이 밤에 어딜 가는 거야?"

물어보지도 않고 한천을 무작정 따라나섰던 단엽이다. 그러다가 마침내 목적지에 도착했다며 객잔에 들어서기에 조금 쉴까 싶었거늘, 한천은 술을 한 병 사 들고 곧장 다시금 걸음을 옮겼다.

그렇게 마을을 나와 근처에 있는 산길을 타고 오르던 한천은 뒤에서 투덜거리는 단엽을 향해 히죽 웃으며 말했다.

"그러니까 객잔에서 쉬고 있으라니까."

"다친 널 어떻게 혼자 보내냐?"

"허어, 아직까지 환자 취급이야?"

억울하다는 듯 말하는 한천을 향해 단엽이 그가 들고 있는 술병을 보며 말을 이었다.

"그리고 그 술도 절대 금지다. 백아린이 너 술 먹은 거 알면 그냥 됐냐고 날 들들 볶아 댈걸."

둘이 일행에서 떨어져 나와 다른 목적지로 향할 때 백아린은 몇 차례고 단엽에게 신신당부했다. 한천은 환자니까 절대 술을 먹지 못하게 하라고 말이다.

한천이 술을 먹지 못하도록 관리하느라 단엽 또한 덩달아 반강제로 금주를 하고 있는 요즘이었다.

그렇게 계속해서 산을 오르던 도중 한천이 점점 걸음을 늦췄다.

앞장서서 나아가던 한천이 멈추어 선 곳.

그의 앞에는 초라한 무덤 하나가 자리하고 있었다. 묘비 하나 없어 누구의 것인지조차 알 수 없는 자그마한 무덤.

그나마 다행이라면 한천이 누군가에게 돈을 주고 부탁을 한 덕분에 종종 이 무덤을 관리해 주는 이가 있었고, 그래서인지 최소한의 구색은 갖춰져 있는 상태라는 점이었다.

가만히 선 채로 무덤을 바라보는 한천의 옆으로 단엽이 천천히 다가왔다.

최대한 무덤덤한 표정을 짓고 있는 한천이었지만, 단엽은 그 안에 담긴 슬픔을 눈치챌 수 있었다. 한없이 아련한 눈동자로 무덤을 바라보는 한천을 향해 단엽이 조심스레 물었다.

"누구 무덤인데?"

"……내 가면을 짊어진 녀석."

"가면?"

한천의 말이 이해가 안 된다는 듯 단엽이 중얼거렸다. 그러는 사이 한천이 들고 있던 술병의 뚜껑을 열었다.

그러고는 무덤 위로 술병 안에 든 술을 가볍게 뿌렸다.

스윽, 슥.

무덤 위에 술을 흩뿌린 한천이 이내 손을 멈춘 채로 입을 열었다.

"오랜만이다. 임무열."

한천이 찾아온 이 무덤의 주인은 바로 대장군 시절 그를 따랐던 임무열이라는 사내의 것이었다.

한천을 살리기 위해 가면을 뺏어 쓰고 스스로 목숨을 버렸던 그가 이곳에 잠들어 있었다.

한천을 위해 대장군인 척 흉내를 내며 죽어 간 탓에 그에겐 묘비 하나 세워 줄 수 없었다. 그 사실이 알려진다면 지금 평화롭게 살고 있는 임무열의 가족들이 위험해질 테니까.

술을 뿌려 주고 가만히 무덤을 바라보던 한천이 힘겹게 손을 뻗었다.

무덤으로 향하는 그의 손이 미세하게 떨리고 있었다.

그리고 곧 차가운 흙이 한천의 손끝에 닿았다.

손을 가져다 댄 그가 무덤을 조심스레 어루만졌다.

십수 년 전 황궁에서 확인 후 버려 버린 임무열의 시신을 비밀리에 회수한 한천은 그를 묻어 준 이후 단 한 번도 이곳에 찾아오지 못했다.

자신을 대신해서 죽어 준 임무열과 마주할 용기가 채 나지 않아서였다.

꼭 살아남으라는 말과 함께 마지막 보았던 그 얼굴이 아직까지도 머릿속을 떠나지 않았다. 그런 그를 떠올리는 것이 괴로워서, 미안해서…….

하지만 이번에 죽을 뻔한 위기를 넘기며 한천은 후회했다.

임무열에게 하지 못한 말이 있다는 사실이 말이다.

그랬기에 이토록 용기를 내서 임무열의 무덤을 찾아왔고, 지금 그를 마주하고 있었다.

무덤을 어루만지던 한천이 나지막이 입을 열었다.

"미안하다, 못난 대장이라 해 줄 수 있는 게 없어서. 그리고…… 고맙다. 나에게 새로운 삶을 살게 해 줘서."

말을 마친 한천이 천천히 자리에서 일어났다.

그러고는 이내 무덤을 바라보며 손을 말아쥐더니 포권을 취했다.

그렇게 포권을 취한 채로 한천은 한참을 눈을 감고 있었다.

오랫동안 그 상태로 굳은 듯 자리하고 있던 한천이 눈을 떴고, 이후로도 가만히 무덤과 마주하고 있을 때였다.

뒤편에서 한천의 행동을 보고만 있던 단엽이 그의 옆에 나란히 섰다.

한천은 옆에 선 그를 바라보며 픽 웃어 보였다.

"너무 기다리게 했나?"

"아니, 얼마든지 더 기다려 줄게. 그냥 나도 인사나 한 번 하려고."

누구의 것인지도 모르는 무덤.

하지만 한천의 몇 마디 중얼거림만으로도 이 무덤의 주인이 어떠한 사람인지 얼추 짐작이 갔다.

포권을 취한 단엽이 입을 열었다.

"나도 당신이 누군지 모르고, 당신도 내가 누군지 모를 테니 그건 그렇다 치고. 어찌 됐든 이놈을 살게 해 줘서 고마워. 이 녀석이 있어서 내 삶이 아주 조금 더 즐거워졌거든."

"겨우 조금?"

"그럼 얼마나 많이를 바라냐."

단엽의 말에 한천은 고개를 절레절레 저었다.

그러고는 마치 이르기라도 하려는 것처럼 무덤을 향해 말했다.

"봐라, 무열아. 내가 이러고 산다."

"시끄러워 인마. 그럼 나도 인사 끝냈으니 조금 더 뒤로 가서 기다릴게. 하고 싶은 이야기들 마저 하고 오라고."

"아냐, 그럴 필요 없어. 할 말은 대충 다 했거든."

말을 끝낸 한천이 임무열이 묻혀 있는 무덤을 바라보며 작게 말했다.

"앞으론…… 종종 찾아오마."

옆에 서 있던 단엽이 몸을 돌리는 한천의 어깨에 손을 두르며 씩 웃었다.

단엽이 말했다.

"그럼 가 볼까."

그 말을 끝으로 막 두 사람이 움직이고 있을 때였다.

— 대장!

걸음을 옮기던 한천이 멈칫했다.

불가능하다는 걸 알고 있다. 그런데 순간적으로 머릿속에 울린 이 목소리는 분명 자신의 수하였던 임무열의 것이었다.

자신의 바람이 만들어 낸 환청일까?

아니면…….

놀란 듯 황급히 고개를 돌려 뒤를 바라봤지만 보이는 건 아무것도 없었다. 그저 묘비조차 없는 조그마한 무덤이 자신을 마주하고 있을 뿐.

그 순간 한천의 머릿속에 다시금 환청 같은 목소리가 울렸다.

— 꼭…… 행복하시길.

점점 멀어지는 그 목소리에 멍하니 서 있는 한천의 옆구리를 단엽이 쿡 치며 입을 열었다.

"뭐 해?"

자신을 향해 이상하다는 듯한 시선을 보내는 단엽을 슬쩍 바라본 한천이 이내 픽 웃었다.

그래, 꼭 행복하게 살아 주마.

*   *   *

백아린은 천무진과 함께 나란히 걷고 있었다.

어느덧 찾아온 완연한 봄, 햇살은 따스했고 세상은 온통 초록빛을 머금었다. 그런 햇살 아래에서 백아린의 손을 꼭 쥔 채로 걷던 천무진이 슬쩍 옆을 바라봤다. 그곳에는 연못 한가운데 위치한 정자가 있었는데, 그걸 확인한 천무진이 입을 열었다.

"저기서 잠깐 앉았다가 갈까?"

"그래요."

천무진의 제안에 백아린이 웃으며 고개를 끄덕였다.

단엽과 한천이 용무를 마친 후 돌아오고 있다는 연락을 받았고, 그랬기에 지금 머무는 이 마을에서 두 사람과 만나기로 했다.

그녀는 내일 두 사람이 도착하기 전까지 천무진과 오붓하게 시간을 보낼 예정이었고, 여유로운 이 시간이 너무나 좋았다.

평화롭고 한가한 시간들이 바람처럼 흘러갔다.

어쩌면 심심할 수도 있는 시간이었지만 일 년 가까이 너무도 바쁘게 살아온 탓인지, 오랜만에 긴 휴가를 받은 느낌이었다.

천무진이 말한 정자에 도착한 두 사람은 천천히 자리에 앉았다.

쏟아지는 햇살과 연못 안에서 헤엄치는 물고기들이 마음을 무척이나 평온하게 만들어 줬다. 백아린이 연못 안쪽을 가리키며 웃는 얼굴로 말했다.

"저기 봐요. 저 물고기 뭔가 부총관 닮지 않았어요?"

"큭!"

백아린의 말에 자신도 모르게 연못 안쪽을 바라봤던 천무진은 웃음을 터트렸다. 별거 아닐 수 있었지만 뭔가 묘하게 한천처럼 느긋해 보이는 물고기 하나가 눈에 들어왔기 때문이다.

하지만 이내 그런 농담에 웃었다는 사실이 민망했는지 천무진이 헛기침을 하며 딴청을 부렸다.

그런 그를 곁눈질로 살피며 웃고 있던 백아린은 곧 고개를 돌려 주변을 둘러봤다.

뻥 뚫려 있는 장소였기에 주변의 경관이 한눈에 들어왔는데, 보이는 풍경이 무척이나 좋았다.

그렇게 백아린이 주변을 바라보고 있을 때였다.

천무진이 말없이 백아린의 옆모습을 응시하고 있었다. 이내 천무진의 시선을 눈치챈 그녀가 그를 향해 고개를 돌리며 물었다.

"왜 그렇게 봐요?"

"……주고 싶은 게 하나 있는데."

예상치 못한 천무진의 말에 백아린이 눈을 동그랗게 뜰 때였다. 천무진이 슬그머니 품 안으로 손을 넣더니 이내 뭔가를 꺼내어 들었다.

그가 꺼내어 든 물건을 확인한 백아린이 놀란 듯 입을 열었다.

"어?"

천무진의 손에 들린 건 당혜(唐鞋:꽃신)였다.

붉은색의 당혜에는 아름다운 꽃들이 수놓아져 있었고, 무척이나 화려했다.

놀란 백아린이 입을 열었다.

"갑자기 웬 당혜예요?"

백아린의 질문에 천무진이 쑥스러운 듯 답했다.

"그냥 하나 사 주고 싶었어. 당신, 날 위해 너무도 힘든 길을 걸어왔으니까."

백아린을 알게 된 이후 지금까지.

그녀는 천무진을 위해 가시밭길을 마다하지 않았다.

가야 하는 길이 아무리 더럽고, 힘들어도 조금의 망설임도 없이 자신을 위해 걸어가 준 그녀, 그런 백아린에게 천무진은 당혜를 선물하고 싶었다.

당혜를 쥔 채로 천무진이 마음에 담아 두었던 진심을 이어 나갔다.

"나와 함께한 지금까지가 당신에게 흙탕물이었고, 고난의 길이었다면 이제부터 함께할 길은 꽃길이었으면 해서."

"……."

천무진의 진심이 절절히 느껴졌고, 그랬기에 백아린은 그저 그를 바라보고만 있을 수밖에 없었다.

당혜를 앞으로 살짝 내밀며 천무진이 입을 열었다.

"받아 줄래?"

백아린이 힘차게 고개를 끄덕였다. 그러자 천무진이 기다렸다는 듯 자리에서 일어나 백아린의 앞에 몸을 굽힌 채로 그녀의 발에 자신이 가져온 당혜를 신겨 줬다.

예상치 못한 천무진의 행동에 백아린의 눈동자가 다시 한번 흔들렸다.

놀랄 수밖에 없었다.

천무진이라는 사내가 이런 행동을 할 사람이 아니라는 걸 너무도 잘 알았으니까. 그가 직접 자신에게 신발을 신겨 주는 일 같은 건 상상조차 해 본 적이 없었다.

그만큼 지금 천무진은 용기를 내고 있는 것이었다.

사랑하는 그녀를 위해서.

그리고 이내 당혜를 신겨 준 천무진이 슬쩍 고개를 들어 올려 백아린과 시선을 맞췄을 때였다. 그녀는 자신의 발에 곱게 신겨져 있는 당혜를 바라보다가 갑자기 눈시울이 붉어졌다.

눈물이 글썽거리는 백아린의 눈동자를 마주한 천무진이 당황한 듯 입을 열었다.

"왜 울려고 해. 별거 아닌 선물인데."

천무진의 말에 백아린이 고개를 크게 좌우로 저었다.

"……이게 별것이 아닐 리가 없잖아요."

이 당혜에 담긴 마음이 그녀를 행복하게 했고, 또 이렇게 기쁨의 눈물을 흘리게 만들었다.

백아린이 상체를 숙여 천무진의 목을 꽉 감싸 안았다.

그런 백아린의 행동에 놀라 동그랗게 떠졌던 천무진의

눈이 이내 초승달처럼 부드럽게 휘었다.

그렇게 천무진의 목을 꽉 감싸 안은 채로 백아린이 속삭였다.

"고마워요. 내 앞에 나타나 줘서."

자신의 목을 감싸 안은 채로 고맙다고 말해 주는 백아린을 향해 천무진 또한 천천히 손을 뻗었다.

자신의 앞에 나타나 줘서 고맙다는 백아린, 하지만……
그건 자신이 해야 할 말이었다.

그녀의 등을 부드럽게 안으며 천무진이 답했다.

"큰일이네. 내가 할 말을 그대가 빼앗아 버려서."

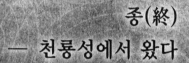

종(終)

— 천룡성에서 왔다

　십천야의 토벌이 있은 지로부터 십여 년의 시간이 흘렀
다.

　무림에는 언제나처럼 수많은 사건 사고들이 있었지만,
그 모든 일은 매번 그래 왔던 것처럼 매듭이 지어졌다. 그
러던 도중 무림을 뒤흔드는 커다란 사건이 하나 벌어졌다.

　수백 년 전 사라졌던 종교인 수라혈교(修羅血敎).

　그들이 부활한 것이다.

　그들을 이끄는 건 오래전 사라졌다고 알려진 수라혈교의
모든 무공을 전수받은 인물이었는데, 그자는 스스로를 혈
마왕이라 칭했다.

수라혈교는 급속도로 세력을 사방으로 뻗치기 시작했는데 그 위세는 가히 놀라울 정도였다. 거점으로 삼은 새외의 지역을 순식간에 집어삼킨 것으로 모자라 중원까지 그 힘을 뻗치며 정파와 사파, 그리고 마교의 영역까지 위협하기 시작했다.

그토록 수라혈교가 위세를 떨치게 된 이유 중 가장 결정적인 건 그들의 잔혹함 때문이었다.

수라혈교가 지나간 자리에는 오로지 폐허만이 남았으니까. 그들은 무인이 아닌 일반인들까지 남녀노소 가리지 않고 베어 넘겼고, 인간으로서는 해선 안 될 패악질을 일삼았다.

그 같은 공포스러운 행보에 많은 이들이 수라혈교에게 굴복했다.

계속되는 그들의 악행, 그건 오늘도 변함이 없었다.

수라혈교의 무인들은 새외에서 중원으로 들어와 인근 마을을 습격했다.

도가 넘는 행동에 결국 무림맹과 마교가 본격적으로 움직이려 하고 있었고, 수라혈교 또한 그들을 피하지 않고 희대의 싸움을 벌이기 위해 한창 세력을 넓히는 와중이었다.

그리고 오늘 수라혈교가 장악한 이 마을은 위치적으로 무척이나 중요한 거점이 될 곳이었다.

무려 이천에 달하는 수라혈교의 무인들이 투입되어서, 마을을 지키고 있던 무림의 문파들이 대항하였지만 결국 반 시진도 버티지 못한 채 무너져 내렸다.

너무도 수월하게 마을을 장악한 혈마왕은 이 마을에 있는 곳 중 가장 좋은 곳을 자신의 거점으로 삼고 수하의 보고를 받고 있었다.

"지키고 있던 무인들의 처리는 모두 끝났고, 마을 사람들은 모조리 광장에 잡아 두었습니다."

"쓸 만한 것들은?"

질문을 던지는 혈마왕은 무척이나 커다란 체구의 사내였다. 키도 컸지만, 덩치 또한 무척이나 거대해서 보는 것만으로도 상대를 주춤거리게 만드는 분위기를 풍겼다.

온몸이 근육으로 이루어져 있는 그는 얼굴도 무척이나 험상궂었다. 거기다 덥수룩하게 얼굴을 뒤덮은 수염은 더더욱 거친 느낌을 풍기게 했다.

그런 그와 마주하고 있는 수하는 황웅이라는 이름의 무인이었다. 혈마왕의 최측근 중 하나였고, 수라혈교 내의 손꼽히는 고수이기도 했다.

황웅이 곧장 답했다.

"사람들이 많은 마을이라 그런지 제법 약탈하는 맛이 나더군요."

말과 함께 황웅이 잔인한 미소를 지어 보였다.

말대로 지금 장악한 이 마을은 꽤 규모가 컸기에 그 안에서 얻어 낼 재물 또한 많았다. 결과를 전해 들은 혈마왕이 맘에 든다는 듯 고개를 끄덕일 때였다.

그가 즐거운 듯 물었다.

"오늘도 준비할까요?"

물어 오는 황웅의 말을 들은 혈마왕의 얼굴에 미소가 걸렸다.

수라혈교의 수장인 혈마왕에게는 무척이나 잔인한 취미가 있었는데…….

"당연한 걸 묻는구나. 열 명 정도 추려서 데리고 오너라."

말을 끝낸 그가 자신의 검을 뽑아 들고는 이내 검날을 손바닥으로 가볍게 쓰다듬으며 말을 이었다.

"검을 날카롭게 만드는 데는 아이들의 피만 한 것이 없지."

혈마왕은 주기적으로 직접 아이들을 베며 그 피를 검에 묻혔다. 그는 사람의 피를 머금을수록 자신의 검이 강해질 거라 믿었다.

특히나 아이들의 피는 더더욱 효과가 있을 거라 여겼다.

너무도 끔찍한 말을 내뱉는 혈마왕을 향해 황웅이 말했다.

"나머지 마을 사람들은 어떻게 할까요?"

그 열 명 정도의 아이들을 제외한 마을 사람들은 어떻게 하냐는 물음에 혈마왕은 정말 대수롭지 않은 표정으로 황웅을 힐끔 바라보며 입을 열었다.

"어떻게 하긴. 언제나처럼 다 죽여."

매번 해 왔던 명령이었기에 말을 하는 혈마왕도, 그걸 전달받은 그도 별다른 동요가 없어 보였다.

그만큼 이런 끔찍한 상황이 익숙하다는 소리였다.

혈마왕의 명령을 전달받은 황웅은 곧장 마을 사람들이 몰려 있는 광장을 향해 움직였다. 혈마왕이 쉬고 있는 거처에서 그리 멀지 않았기에 도착하는 데에 시간은 오래 걸리지 않았다.

도착한 광장에는 마을 사람들을 포위하고 있는 수라혈교의 많은 무인들이 자리하고 있었다.

이 마을을 습격한 인원들 중 절반가량은 아직까지도 곳곳을 돌아다니며 돈이 될 만한 것들을 찾고 있었고, 나머지 인원들은 이곳에서 마을 사람들을 감시하는 중이었다.

광장에 도착한 황웅이 인근에 있는 이를 향해 손짓했다.

그가 다가온 수하를 향해 짧게 말했다.

"평소처럼 진행해. 아이들 열 명 정도만 끌고 오고, 나머지는 전부 죽여."

황웅의 명령에 수하는 빠르게 고개를 끄덕이고는 곧장 마을 사람들이 있는 곳으로 다가갔다. 그리고 수하가 움직이는 것에 따라 마을 사람들이 모여 있는 곳에선 자그마한 소란이 일었다.

"가, 갑자기 아이는 왜……!"

품에 안고 있는 아이를 억지로 끌고 가려고 하자 아버지로 보이는 사내가 다급히 소리쳤다. 그렇지만 수라혈교의 무인은 아랑곳하지 않고 주먹으로 상대를 쳐 냈다.

퍽!

얼굴에 제대로 주먹을 맞은 아이의 아버지가 그대로 피를 뿌리며 바닥으로 널브러졌다.

그렇게 순식간에 인근에 있는 아이들 열 명을 강제로 끌고 온 그가 혈마왕의 명을 받고 온 황웅에게 말했다.

"끌고 왔습니다."

"뭐, 쓸 만해 보이네. 나머지들은 이제 빨리 정리하고."

혈마왕에게 넘길 아이들의 상태를 슬쩍 확인한 황웅이 맘에 들었는지 짧게 고개를 끄덕였다. 그러고는 이내 아이들을 향해 매서운 목소리로 말했다.

"꼬맹이들아, 이 무서운 아저씨는 말이야, 말 안 듣는 새끼들을 제일 싫어해. 그러니까 귀찮게 하지 말고 얌전이들 따라와. 그렇지 않으면……."

황웅이 허리에 차고 있던 검을 뽑아 들더니 이내 그걸로 목을 긋는 시늉을 해 보였다. 그러곤 잔인한 미소와 함께 말을 이었다.

"목을 잘라서 동물의 먹잇감으로 던져 버릴 테니."

황웅의 소름 돋는 경고에 아이들이 부들부들 떨었다. 그 모습이 맘에 드는지 황웅이 기분 좋은 표정으로 막 몸을 돌리는 그때.

턱.

황웅의 표정이 일그러졌다.

그 이유는 다름 아닌 자신의 발목을 잡은 사내 때문이었다.

아까 전에 자식을 끌고 오려 할 때 그걸 저지하다 일격을 맞고 쓰러졌던 자였다. 그는 피투성이가 된 얼굴로 엉금엉금 기어와 힘겹게 황웅의 발목을 잡고 늘어졌다.

그가 피와 눈물이 뒤섞인 얼굴로 간절히 빌었다.

"어, 어르신 제발 아이들은 살려 주십시오. 그 아이들에게 무슨 죄가 있습니까. 제발 아량을 베푸셔서……."

"이 새끼가!"

황웅은 곧바로 반대편 발로 발목에 손을 댄 상대를 걷어 찼다. 그대로 그자는 바닥을 구르며 밀려 나갔고, 황웅의 분노는 거기서 끝이 아니었다.

그가 밀려 나간 상대를 향해 성큼성큼 다가갔다.

"감히 내 몸에 손을 대?"

비웃음을 흘린 황웅이 손을 번쩍 치켜들었다. 그의 손에 들린 검이 서슬 퍼런 빛을 쏟아 냈다.

"더러운 손으로 날 만진 대가는 죽음으로……."

잔인한 미소와 함께 황웅의 손에 들린 검이 아이의 아버지에게로 떨어지려는 찰나였다.

득, 드드드득!

그보다 먼저 기괴한 소리와 함께 황웅의 몸이 반으로 갈라졌다.

쿵.

반으로 갈라진 몸이 그대로 쓰러졌고, 황웅은 즉사했다.

예상치 못한 갑작스러운 상황에 황웅의 주변에 있던 수라혈교 무인들의 안색이 굳어졌다.

그때였다,

"하, 무림맹과 마교 놈들이 올 때까지 기다렸다가 시작하려 했는데 하여튼 나쁜 새끼들은 그새를 못 참는다니까."

말과 함께 멀리에서 누군가가 걸어오고 있었다.

사내답지 않게 곱상한 외모, 그리고 볼에 있는 긴 검상.

대홍련의 련주, 단엽이었다.

그리고 그의 옆에는…….

"왜 네가 한 것처럼 멋있는 척이야. 저놈을 죽인 건 난데."

마치 황웅을 자기가 죽인 것처럼 말하는 단엽을 향해 불만 어린 말을 토해 내는 건 다름 아닌 한천이었다.

그는 예전과 변함없는 유쾌한 얼굴로 수라혈교의 무인들을 향해 다가오고 있었다.

한천이 가볍게 주변을 둘러봤다.

현재는 절반가량만이 공터에 있는 상황인데도, 그 숫자가 천 명이 훌쩍 넘을 정도였다.

수라혈교의 무인들은 갑작스레 등장한 둘을 향해 무서울 정도의 살기를 쏟아 내고 있었다. 그 같은 모습에 한천이 중얼거렸다.

"휴우, 어떻게 하나같이 저렇게 무섭게들 생겼냐. 이놈들은 얼굴 보고 뽑나?"

한천의 말을 들으며 단엽은 손에 권갑을 착용했다. 그의 두 주먹에 불꽃이 일렁거렸다.

적들을 향해 다가가며 단엽이 투덜거렸다.

"참내. 이렇게 많은 놈들을 어떻게 상대하라는 거야? 하여튼 주인 하나 잘못 만나 가지고 이게 웬 고생인지, 원."

상대의 숫자를 보며 혀를 내두르는 단엽을 향해 한천이 히죽 웃으며 말했다.

"뭐야? 겁먹었냐?"

그 말에 단엽이 발끈했다.

"겁은 무슨! 난 태어나서 겁이라는 걸 먹어 본 적이 없는 남자라고. 이거 왜 이래?"

호언장담을 내뱉은 단엽이 자리에서 멈춰 선 채로 가볍게 손목을 풀었다.

곧 시작될 싸움을 위해 자세를 잡는 그를 향해 한천이 웃는 얼굴로 입을 열었다.

"그럼…… 가 볼까, 단엽?"

한천을 슬쩍 바라보며 단엽이 투덜댔다.

"내 뒤나 잘 따라오라고."

말과 함께 앞으로 나아가던 단엽이 손을 위로 치켜들었다.

그 순간 마을의 입구에서 몇백에 달하는 무인들이 뒤따라 걸어 들어오기 시작했다.

대홍련이었다.

＊　　　＊　　　＊

　단엽과 한천이 대홍련의 무인들을 이끌고 마을에 들어선 직후.

　혈마왕은 여전히 그 거처에 홀로 자리한 채 시간을 보내고 있었다. 침상에 기대어 앉아 음식을 먹고 있던 혈마왕의 표정이 점점 일그러졌다.

　"아이들을 데리러 간 것이 언제인데, 아직까지 오지 않는 게야."

　불만스러운 듯 중얼거리던 혈마왕은 이내 바깥에서 들려오는 소란스러움을 감지했다.

　처음엔 그저 자신의 수하들이 마을 사람들을 죽이고 있는 것인가 싶었는데, 그렇게 넘어가기엔 뭔가 무기끼리 충돌하는 소리까지 들려왔다.

　그 사실에 의아한 듯 혈마왕이 움직이려 하는 그때였다.

　덜컹!

　헐레벌떡 누군가가 다가온다 싶더니, 이내 문이 열리며 수하 하나가 모습을 드러냈다.

　그가 서둘러 소리쳤다.

　"교, 교주님!"

데리고 와야 할 아이들은 코빼기도 보이지 않고, 잔뜩 긴장한 표정의 수하만 들이닥치자, 혈마왕이 불쾌한 듯 표정을 구겼다.

"무슨 일로 이리 소란이냐?"

"기습입니다! 적들이 쳐들어왔습니다!"

수하는 다급히 보고했지만, 그걸 전해 들은 혈마왕의 표정은 담담했다.

그가 중얼거렸다.

"무림맹 놈들답지 않게 제법 빠르게 움직였군."

이곳은 무림맹의 영역이었기 때문에, 당연히 인근에 있던 무림맹과 관련된 문파의 무인들이 나타난 것이라 생각했다.

그렇지만 수하가 서둘러 고개를 저으며 말했다.

"무림맹이 아닙니다. 대홍련입니다."

"대홍련? 그 사파 놈들이 나타났다고?"

생각지도 못한 말에 혈마왕이 고개를 갸웃하며 중얼거렸다. 이곳은 대홍련의 영역과는 다소 거리가 있는 위치였다.

십천야가 무너지고 십 년의 시간이 흐른 지금.

당시 사파 중 세 손가락 안에 들던 대홍련은 이제 그들 중 독보적인 세력이 되어 있었다.

예상하지 못한 상황에 잠시 멈칫했던 혈마왕이지만 이내

그가 코웃음을 쳤다.

무림맹과 마교와의 일전까지도 준비하는 수라혈교가 아니던가. 대홍련의 세력이 크다고 한들 무림맹과 마교와는 비할 수 없었다.

그러니 그들이 나타났다 해서 자신이 긴장할 이유는 없었다.

하지만 대홍련이 나타났다는 말에 혈마왕의 눈동자가 번뜩였다.

한동안 시시한 싸움만 해 왔던 탓에 제법 몸이 근질근질했거늘, 사파의 우두머리 격인 대홍련이 나타났다니 절로 투지가 끓어오른 것이다.

혈마왕이 흥미 가득한 눈빛으로 물었다.

"몇 놈이나 왔더냐? 천 명? 이천 명?"

어서 말해 보라는 듯한 혈마왕의 물음에 수하가 멈칫하다가 이내 말을 받았다.

"이, 이백이 조금 안 되는 것 같습니다."

"……이백 명도 안 되는 인원으로 우리를 공격했다고?"

이곳에 있는 수라혈교의 무인만 해도 이천에 육박한다.

그런데 고작 이백이라니…… 너무 우습지 않은가.

잠깐 투지가 끓어올랐던 혈마왕이었지만 상대의 숫자를 듣는 순간 거짓말처럼 관심이 사그라졌다.

그가 퉁명스러운 목소리로 말했다.

"겨우 그 정도면 내가 나설 이유도 없겠군. 끝내는 대로 보고하도록 해. 서둘러 아이들도 데려오고."

자리를 박차고 일어나려던 혈마왕이 다시금 몸을 기대어 앉을 때였다.

수하가 사색이 된 얼굴로 말했다.

"그, 그것이…… 교주님이 나서지 않으시면 안 될 것 같습니다."

"이백 명이라 하지 않았더냐!"

혈마왕이 버럭 소리쳤다.

고작 이백 명을 상대하는 일에 자기를 귀찮게 하는 것이 언짢았기 때문이다. 혈마왕의 성격을 아는 수하였기에 그는 움찔하면서도 상황을 보고할 수밖에 없었다.

"예, 옙! 그런데 그 이백 명에게…… 아니 정확하게는 그 안에 있는 두 명에게 저희 수라혈교 무인들이 유린당하고 있습니다."

"두 명?"

단둘에게 수라혈교의 정예 무인들이 당하고 있다는 말에 혈마왕의 표정이 딱딱하게 굳었다.

말도 안 되는 소리에 표정을 구겼던 혈마왕이 순간 움찔했다.

수라혈교의 정예 무인들을 일방적으로 밀어붙일 정도의 실력자를 떠올린 탓이다.

무림은 넓고, 뛰어난 무인들은 많았다.

하지만 그중 수라혈교의 정예 무인들을 단신으로 곤란하게 할 실력자에, 대홍련에 속한 자라면 단 한 명밖에 없었다.

'대홍련주 단엽? 그가 직접 이곳에 왔다고?'

비록 사파라고는 하지만 단엽은 대홍련의 수장이다.

그가 직접 수하들을 이끌고 이 먼 곳까지 공격을 감행해 올 것이라고는 예상치 못했다.

그 두 명 중 나머지 하나는 누군지 모르겠지만…….

'단엽이라면 내가 나서야 한다.'

단엽은 사파 제일의 고수다.

아니, 어쩌면 전 중원에서 적수를 찾기 어려운 실력자라고 봐도 무방하다.

상대가 단엽이라는 걸 눈치챈 순간 혈마왕이 자리를 박차고 일어났다.

그가 소리쳤다.

"안내해라!"

외침에 수하가 고개를 끄덕이고는 앞장서서 들어온 문을 통해 바깥으로 뛰쳐나갔다. 그렇게 수하와 함께 혈마왕이 막 외부로 발을 디디는 찰나!

쒜에에엣!

귓가를 울리는 날카로운 파공음과 함께 날아든 대검 한 자루가 앞장서서 움직이던 수하를 그대로 갈라 버렸다.

쾅!

너무도 빠르고 파괴적인 일격!

땅에 박힌 대검은 아직까지도 부르르 떨리고 있었다. 갑작스러운 공격에 혈마왕은 황급히 옆으로 몸을 움직이고는 땅에 박힌 대검을 바라봤다.

그 대검은 눈으로 보고도 믿기 어려울 정도로 커다란 물건이었다.

도저히 사람이 들고 싸울 만한 무기로는 보이지 않거늘…….

놀란 혈마왕이 대검이 날아든 위쪽을 향해 고개를 치켜들며 소리쳤다.

"숨어 있지 말고 나왓!"

그의 외침이 터져 나온 직후였다.

옆에 위치한 커다란 나무 위에서 뭔가가 떨어져 내렸다.

툭.

바닥에 박혀 있는 대검의 옆으로 가볍게 착지한 건 한 명의 여인이었다.

긴 검은 생머리가 바람에 나풀거렸고, 걸치고 있는 백의는 그녀의 신비함을 더하게 만들었다. 그리고 한쪽 손바닥을 감싸고 있는 붉은 장신구.

십 년이라는 시간이 지났음에도 불구하고 예전과 변함없는 모습을 하고 있는 너무도 아름다운 여인.

백아린이 그곳에 서 있었다.

그녀가 손을 움직이자 어깨에 자리하고 있던 치치가 빠르게 소매 속으로 사라졌다.

그사이 상대를 확인한 혈마왕이 떨떠름한 얼굴로 입을 열었다.

"넌…… 누구냐."

천하를 호령하는 악인을 앞에 두고 있었거늘 백아린은 전혀 긴장하지 않고 바닥에 박힌 자신의 대검을 뽑아 들었다.

파앙.

그녀는 뽑아 든 대검을 어깨에 걸친 채로 입을 열었다.

"내가 누구인지는 궁금해할 것 없고, 그냥 이것만 알면 돼. 오늘이 네 제삿날이 될 거라는 거."

"크, 크크크! 단단히 미쳤구나. 내가 누군지 모르는 게냐! 난 혈마왕이다! 수라혈교의 교주이자 천하의 주인이 될……!"

바로 그때였다.

데구루루르.

순간 뭔가가 자신을 향해 굴러오는 걸 발견한 혈마왕이 화들짝 놀라 뒤로 물러서려고 했다. 하지만 이내 그는 그것이 보통의 구슬이라는 걸 알아차렸다.

고작 구슬에 놀라 피하려고 했던 자신의 꼴이 우습기 그지없었다.

분노와 함께 발아래에 놓인 구슬을 발로 으깨 버리려던 혈마왕이 갑자기 멈칫했다. 구슬에 뭔가가 적혀 있다는 걸 알아차린 탓이다.

그가 허리를 굽혀 구슬을 주워 들었다.

그렇게 아무렇지 않게 구슬에 적힌 글자를 눈으로 확인하는 순간…….

툭.

혈마왕이 손에 쥐고 있던 구슬을 떨어뜨렸다.

그 구슬은 그리 특별하지 않았다.

천(天)이라는 글자가 하나 박혀 있는 걸 제외하면.

그 순간 어둠 속에서 붉은 검신이 불쑥 모습을 드러냈다.

그러고는 이내 그 붉은 검신을 가진 천인혼의 주인이 천천히 달빛 아래로 걸어 나왔다.

무림에는 오래된 하나의 전설이 있었다.

세상이 혼탁해지고, 악인이 나타나 힘없는 약자들을 괴롭힐 때…… 그들이 온다.

상대의 정체를 파악한 혈마왕이 겁을 먹은 듯 뒷걸음질
치는 그때.

천무진이 입을 열었다.

"천룡성에서 왔다."

〈완결〉